U0079541

Funny Jokes

有夠讚

外星人看了也會笑

FUNNY JOKES 4 超有梗笑話

張允中◎編著

笑看男女兩性之間

這本《有夠讚！外星人看了也會笑》搜集的笑話，於男女兩性之間所產生的笑點為主，適合情人、夫妻一同觀看。現在絕對是一個需要玩弄文字遊戲的時代——男女之間不斷湧現的符號、用語和對話，處處充滿了「腦筋急轉彎、濫詞趴趴走」的樂趣。如此幽默的表現，不僅是笑料的引信，也是情場高級技能的發揮，更是男歡女愛中最有趣、最有感染力的傳播藝術。

不時說笑給您的情人或老公、老婆聽，應是解決感情問題的最好幫手，特別在溝通方面，它勢必能克服情路艱辛，甚至牽引兩造走出情變的歧路。

一個口才絕佳、幽默風趣的男人，是沒理由得不到女人的寬待和青睞的。而一個愛搞笑、常常笑臉迎人的女人，也是沒理由得不到男人的寵愛和呵護的。

然而，關於兩性之間笑話的施展或傳播，依其時機、場合卻還是存有差異性的，所以，務必事先檢視幾方面，比方說：男女主客觀立場的不同、彼此年齡上的差距、感情生活的歷練，以及對方成長環境、品行、道

德、價值觀等等。

更精確的說，對任何人均可適用的笑話並非沒有，但若對「情人」、「配偶」這樣的特定對象，您所採用的笑話就必須以「投其所好」為最高指導方針了。

畢竟，聽眾本身的感覺是有出入的，阿花會感到拍案叫絕的笑話，聽在阿美耳朵裡，或許一點笑果也沒有，甚至會產生不快的反應也未可知——

面對性格爽朗、喜歡八卦的女友或老婆，您所講的笑話即使稍有得罪，對方也會照樣哈哈大笑；但若您的女友或老婆是個觀念超保守，甚至

神經過敏的人，您所講的笑話就要有所分寸，以免弄巧成拙了。

在兩性關係上，幽默力量的發揮，代表的是一種積極的求愛行動，若您能確切掌握「發笑」的智慧結晶，以喜感的氣氛加上自己出色的溫馨表達，便能輕鬆贏得對方的欣賞與信任，並且隨時墜入「兩情相悅」的美妙情境。

這本書不需要目錄，

翻到任何一頁都好笑！

喜事

鋼管女：「我把未婚夫甩了，現在他打算告我——」
檳榔妹：「逃婚應該算是民事還是刑事啊？」
鋼管女：「都不是，是喜事！」

情人色謎語（一）

出題：一根硬梆梆的長條東西，直直的插進洞裡，快的話，一下子就OK了，要不然就抽出來再插進去——總之，不達目的絕不終止。（請猜人的一種動作）

正解：用鑰匙開門。

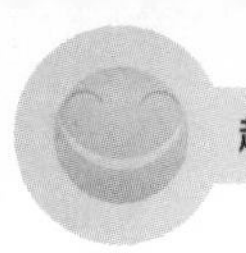

啤酒肚

數字5深愛著數字8，表達愛意時卻慘遭殘酷的拒絕。

數字5大聲咆哮：「為什麼？這一切都是為什麼？」

數字8冷不防回答：「我受夠了你的啤酒肚！」

簡訊傳情（一）

辣妹發給猛男——

對不起唷，那麼晚了還傳簡訊給你

如果有吵到你的話，在此跟你

說聲——

活該啦！誰叫你要比我早睡！

嘿嘿嘿！

男人三從四德

女友出門要「盲從」。

女友斥責要「服從」。

女友訓示要「聽從」。

女友生日要「記得」。

女友購物要「捨得」。

女友月經要「等得」。
女友打罵要「忍得」。

愛情瓜語（男人版）

當男人送妳一條「地瓜」時——表示「別想太多，妳只是我的地下情人罷了」。
當男人送妳一條「黃瓜」時——表示「嫁給我！當我的黃臉婆吧」。
當男人送妳一條「苦瓜」時——表示「我追妳追得好辛苦」。
當男人送妳一顆「哈密瓜」時——表示「我哈妳哈得快死」。
當男人送妳一顆「胡瓜」時——表示「沒辦法，我已糊裡糊塗的愛上

妳」。

當男人送妳一顆「木瓜」時——表示「我對妳思慕不已」。

愛情瓜語（女人版）

當女人送你一顆「南瓜」時——是「愛你好難」的真切告白。

當女人送妳一顆「西瓜」時——是「我要開始黏你、纏你」的重大宣示。

當女人送你一顆「冬瓜」時——是「愛情陷入冷戰的嚴重警告」。

當女人送你一顆「香瓜」時——是「希望你要憐香惜玉的表示」。

當女人送你一顆「絲瓜」時——是「對你思念不已的親切問候」。

當女人送你一罐「脆瓜」時——是「希望分手分得乾脆一點的真實告白」。

一夜情感言

阿淦跟某女網友發生了一夜情之後，在網路上發表以下感言：

「正所謂春宵一刻值千金，弟昨夜以一己之長↓一柱擎天↓一馬當先↓一拍即合↓一炮而紅↓一鼓作氣↓一氣呵成↓一鳴驚人↓一瀉千里，不負眾望地完成了一夜風流！」

「那她的感覺又如何呢？」眾人追問。

阿淦：「真是一言難盡！她本來一籌莫展，但在我助她一臂之力下，開始一波三折↓一池春水↓一木難支↓一觸即發↓一落千丈↓一敗塗地，最後終於奄奄一息，讓這場春夢一了百了！」

節省開支

以色列的郵費不斷上漲。

以下，是個小氣的猶太人寫給女友的情書內容：

「最最最親愛的安娜，如妳所知，我超愛妳，而且日復一日、時復一時狂熱的愛著妳。這樣的保證，將從2004年7月到2006年6月底為止，換言之，這期間內的承諾均有效。為了節省開支，我不再寫信給妳了，吻

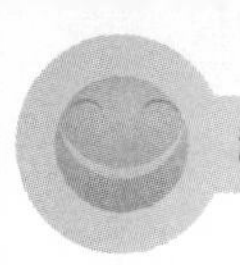

妳366 + 365次。妳的貝肯 2004.7.1」

保鮮膜

扁頭的女友是個標準的「蘿蔔妹」。

情人節當天，蘿蔔妹特地穿了件短裙，準備和他出去過夜，扁頭見狀調侃說道：「哇！好彩頭好彩頭！情人節出門竟然有好彩頭可以吃耶！」

蘿蔔妹：「吃你的頭啦！人家今天有穿絲襪啦！」

豈料，扁頭緊接著說：「這條肥美的蘿蔔還包保鮮膜呢！」

上網成性

蜘蛛深愛著蟑螂，表達愛意時卻慘遭殘酷的拒絕。

蜘蛛大聲咆哮：「為什麼？這一切都是為什麼？」

蟑螂滿臉歉容地回答：「我深信，成天在網上混的女生都不是什麼好貨。」

情人色謎語（二）

出題：上面有毛，下面也有毛，約會時若有需要，乾脆就來個毛對毛。（請猜人體某器官）

正解：眼睛。

簡訊傳情（二）

如果妳是流星，我樂於用盡一生的愛追逐妳。
如果妳是衛星，我樂於用盡一生的愛鎖定妳。
如果妳是恆星，我樂於用盡一生的愛等待妳。
只可惜，妳卻是隻不折不扣的大猩猩，我只希望，只希望能在動物園裡看到妳！

陰險

高爾夫球桿深愛著羽毛球，表達愛意時卻慘遭殘酷的拒絕。
高爾夫球桿大聲咆哮：「為什麼？這一切都是為什麼？」

羽毛球輕描淡寫的回答：「我媽說，鷹鉤鼻的男生最陰險。」

哪裡人

如花問綠豆：「你是哪裡人？」

綠豆：「嘉義人，因為——綠豆加薏仁（嘉義人）。」

情人色謎語（三）

出題：託威而剛之福！（猜一種水果）

正解：芭樂。

充實

以下是一名美艷少婦的自白——

我根本無法抗拒那堅硬的誘惑，當我把它含在口中又舔又吸又咬時，

那份充實感簡直無以復加。

啊～嗯～太過癮了！

快流出來了！

滴在臉上了！

黏黏的感覺真好，而頑皮的它也終於變小了。

「喂!老闆娘，我還要再買一支冰棒！」

猴急

有一對情侶看完了一場愛情電影，去公園散步。

男孩一時衝動，抱著女孩躲進樹叢，很快速的嘿咻起來。

過了一會兒，男孩很柔情的對女孩說：「抱歉，我如果早知道妳還是個處女，我一定會更溫柔些。」

女孩幽怨的回答：「看清楚點，是你流血不是我流血，沒想到你這麼猴急，早知道會搞成這樣，我今天就不該穿絲襪來約會，你的皮都磨破了

還不知道。」

向前衝

有位大嘴醜女在看足球賽時，總喜歡買門網後面正中的位子，且以弱隊的一方為首要考量。

她的同學好奇問道：「門網後面的看球視線不是不好嗎？妳為什麼每次都要買這種位子呢？」

大嘴醜女答道：「唯有這樣，我才能看到有那麼多英勇的男人肯一窩蜂的向我飛奔過來。」

淫念

某日，一名美麗、性感的AV女優在拍片時不幸意外身亡。

死後，她想直奔天堂之路，可是這中間要經過一座橋。AV女優走到半路時，主出現了，並且對她說：「如果妳心無淫念，鐵定會一路走完直達天堂，但如果妳心有淫念，就會自橋面落下，直到萬劫不復的地獄裡去。」

主以長者之姿說完，信手交叉於後，向前走了幾步，突然——

祂竟掉下橋去了。

問候

瘦男約了心儀的胖女上陽明山看夜景，那時萬家燈火，煞是美麗。突然，一股寒風襲來——

瘦男輕聲細語的問：「妳冷不冷？」

胖女心想這男人真是體貼，也就輕聲細語的答：「還好啦，不冷！謝謝！」

於是，瘦男興奮至極的說：「那妳的皮衣脫下來給我穿，我真的好冷喔！」

獻殷勤

瘦女和胖男上陽明山賞月，當晚天候十分陰冷，瘦女故意沒穿外套，想給胖男有獻殷勤的機會。

瘦女滿懷期待的說：「哇！今天好冷耶！我竟然忘了穿外套。」

結果，胖男拉緊自己的外套，且露出欣慰的笑容說：「幸好幸好，幸好我媽有交代我穿，否則就跟妳一樣，冷得半死！」

瘦女：「哇咧——」

膽小鬼

未婚夫：「我沒有勇氣對妳爸爸說，我其實是個窮光蛋。」

未婚妻：「你們男人都是膽小鬼！我爸爸也不敢告訴你，他其實早已經破產了。」

情人色謎語(四)

出題：四個男生一起被電到。(猜一家電用品)

正解：電視機。

外套

蚯蚓深愛著螃蟹，表達愛意時卻慘遭殘酷的拒絕。

蚯蚓大聲咆哮：「為什麼？這一切都是為什麼？」

螃蟹不屑地回答：「你窮得連個外套都買不起，還想來追我？」

簡訊傳情（三）

我很想妳，卻又不好意思打給妳，怕妳正在忙，怕妳不理我，怕妳覺得我變態無聊。

真的好想妳喔，只是——只是——只是——

電話費超貴的，妳打給我吧！

掃把頭

江西（簡稱：贛）有間廟，住著一些和尚、尼姑和一名老住持。

其中，有個中年和尚和年輕尼姑的姦情被嫉妒者給揭發了。

於是，老住持就將他們分開住。

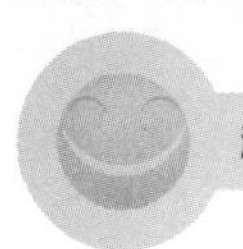

然而，牆邊有個洞，中年和尚就對年輕尼姑說：「當我要的時候，我就敲敲牆，妳把它放在洞的那頭。」

「好啊好啊！」

某日，一個小和尚到這中年和尚的房間清掃，一時間掃把頭敲到了牆，年輕尼姑便把它放在洞邊。

小和尚見狀，趕緊把掃把頭插進去那個洞說：「我的媽呀！好大一隻黑蜘蛛喔！」

色魔排行榜

必然好色的男友：

第一名：編輯——因為他們一碰面就要「ㄍㄠˇ」。

第二名：牙醫——因為他們會不斷要求妳「嘴巴張大一點」。

第三名：老師——因為他們常常會感到不滿意，然後要求妳再做一次。

必然淫蕩的女友：

第一名：車掌小姐——因為她們總是說：「再擠進去一點啦！」

第二名：電梯小姐——因為她們總是問你「要上嗎？」

第三名：售票小姐——因為她們總習慣說：「別急，慢慢來嘛！」

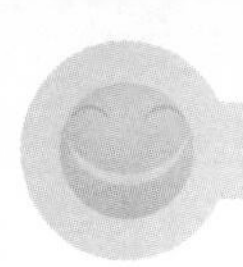

浪漫

沒有錢的浪漫，你可以牽著我的手漫步在夜的星空下嗎？
一塊錢的浪漫，你可以打公用電話主動關心我一下嗎？
十塊錢的浪漫，你可以在夏日午後買支冰棒讓我消消暑嗎？
一百元的浪漫，你可以在寒冬夜晚慷慨的買杯熱咖啡請我嗎？
一千元的浪漫，你可以送我幾個仿冒名牌的皮包給我嗎？
一萬元的浪漫，你可以送我一支還不太算過時的手機嗎？
十萬元的浪漫，你可以帶我到歐洲好好的玩一趟嗎？
一百萬的浪漫，你可以換一部比較像樣的車好載我四處兜風嗎？
一千萬的浪漫，你可以買棟不必再繳貸款的房子送我嗎？
一億元的浪漫，你可以不暗槓樂透彩大獎而遠走高飛嗎？

情人色謎語（五）

出題：妓女院客滿囉！（猜一句成語）

正解：井井有條。

貢丸

如花到夜市吃宵夜——。

她看到某店招牌上寫著：「貢丸意麵」，就叫碗來吃吃看。

吃到一半，如花卻發現裡面根本沒有半顆貢丸，直覺自己受騙了，於是就質問老闆：「喂！老闆！我的貢丸意麵怎麼沒加貢丸？」

老闆：「哎喲，妳誤會了啦，貢丸是我的名字！」

舒暢

以下是一名放浪的檳榔西施的自白——

無論是美麗的早晨還是浪漫的夜晚，我的心情總是忐忑不安！

我緊握著那根硬物，多麼企盼它進入我的口中。

然後——上下左右、輕輕柔柔的抽動我。

啊！太棒了！

它每次都弄得我口吐白沫——

嗯，刷牙後的感覺真是舒暢！

簡訊傳情（四）

遇見妳——是我心動的開始。

愛上妳——是我快樂的泉源。

擁有妳——是我珍貴的資產。

若能跟妳踏上紅毯——是我此生最大的夢想。

永遠愛的人——是妳！

遺憾的是——對不起，我應該是傳錯人了。

女友銘

個不在高，米六就行；情不在深，性感則靈。斯是驕女，唯吾是遵。性事做得勤、家事搞得精；能勾會挑情、溫柔且癡心。可以腿纖細、骨幹輕，無打呼之亂耳；無接送之勞形。美如西施型、貌比蕭薔靚。永遠云：達令真行！

情人色謎語（六）

出題：三個辣妹裸奔。（猜台灣一地名）

正解：斗六。

送花

阿呆：「我站在阿芳的樓下對她唱情歌，結果，她送了我一枝美麗的玫瑰花。」

阿瓜：「好耶好耶，但你的頭怎麼受傷了？」

阿呆：「阿芳忘記把花從花盆裡摘下來。」

提拔

美美的女特助：「總經理，人家跟你這麼多年了，你怎麼都不提拔我一下？」

總經理：「我是很想提拔妳啊！但是要提拔妳做我的情婦，妳不肯，如果我升妳當副總，那我家裡的黃臉婆就更不肯了。」

情婦生存法則

一、別跟金主談有爭議性的話題。

二、若有爭議盡可能不要有假設性的結論。

三、若非有結論不可則以他的結論為結論。

不是

擅長鬼扯淡的阿瓜，最近拍拖了一位來自法國的金髮美女，有一天，

那法國女友問：「你看過木頭做的杯子嗎？」

阿瓜：「好像沒見過！」

法國女友：「那為什麼你們中國字的『杯』是木字旁呢？」

阿瓜想了想，說：「杯字旁邊不是有個不字嗎？所以說，杯子不是木頭做的。」

情人色謎語（七）

出題：三十六個猛男。（猜一外國地名）

正解：山打根。

情夫避災定律

一、能夠瞎掰時就別說真話。

二、非說真話不可時就說好話。

三、好話說盡仍無法奏效時就說狠話。

男友銘

身不在長，米八就行；愛不在深，狂野則靈。斯是花少，唯吾賞金。

情歌唱得勤、禮物送得精；能詩會傳情，好車且多金。

可以多差遣、任使性，無嘮叨之亂耳；無家事之勞形。猛如泰山型、貌比黎明俊。永不云：現在不行！

好男沉默守則

一、當女伴說自己對的時候，千萬要閉嘴別表示她不對。

二、當女伴覺得自己不對時，絕對得先看她臉色對不對。

三、無論女伴做得對或不對，你的任何批評永遠都不對。

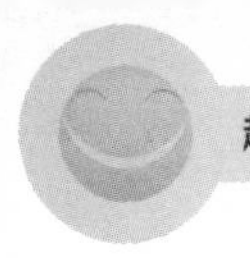

星座

阿瓜：「美眉妳好，妳是什麼座的？」

不願被搭訕的美眉：「嗯——沒事做啦！」

其實

阿花：「妳認為女人跟多少男人共同生活最好？（A）1人（B）2人（C）10人（D）70人」

阿珠：「——」

阿花：「正確答案是七十人啦！有歌為證——七～十，一個人的生活也不算太壞！」

如果

醜男：「如果讓我看看妳的裸體，我想我一定會爽死。」
辣妹：「如果讓我看看你的裸體，我想我一定會笑死。」

變醜

阿妹：「阿郎，你看我這新染的髮色會不會讓我看起來變醜？」

阿郎：「不會！」

阿妹：「真的一點都不會嗎？」

阿郎：「是的，真的一點都不會，因為妳的醜跟妳的髮色全然無關。」

簡訊傳情（五）

因為有你，我相信命運；

因為有你，我相信緣分。

也許，這一切都是老天爺的巧妙安排，冥冥中自有定數。

情牽此生；難解難分。

此刻的我，好想說——

他媽的，我上輩子究竟是造了什麼孽!?

成功一半

妹：「哥，你這次約會成功了嗎？」

哥：「可以說是——成功了一半。」

妹：「什麼意思？」

哥：「我去了，她沒去。」

不值得愛

小鴨深愛著小雞，表達愛意時卻慘遭殘酷的拒絕。

小鴨大聲咆哮：「為什麼？這一切都是為什麼？」

小雞滿臉歉容地回答：「像我們這種做雞的根本不值得你愛。」

戲水

夏日午後，同學們興高采烈地到河邊玩水，一群人玩得不亦樂乎，只

有阿強的女友小芬一臉無奈的坐在河邊看著河水。

阿強跑來問她：「小芬，怎麼不跟我們一起玩呢？」

小芬指著河水一臉無奈的說：「你看！好危險喔！」

阿強：「水不深，加上有我保護妳，很安全的啦！」

小芬：「不是啦！你看水裡面有很多蝌蚪耶！」

阿強笑著說：「哇！原來妳怕蝌蚪啊！放心，蝌蚪不會咬妳的。」

小美低頭嬌羞的說：「不行啦！很危險的——聽說蝌蚪會懷孕。」

阿強一聽，當然當場昏倒。

酒醉

在車水馬龍的道路上，有一男一女似乎喝醉了，後來被警察扭送到警局。

派出所主管：「陳警官，你怎麼知道他們兩個人喝醉了？」

陳警官：「那男的在大馬路上扔千元大鈔。」

派出所主管：「那女的呢？」

陳警官：「她把鈔票一一撿起，然後還給那個男的。」

愛乾淨

阿花：「瓜哥，你是我交往過最愛乾淨的男人。」

阿瓜：「過獎了，但是妳從何判斷？」
阿花：「無論你做了什麼骯髒的事，總是設法推得一乾二淨。」

情人色謎語（八）

出題：妓女雙腿盤坐。（猜清朝時代人名）
正解：張之洞。

買牙刷

女友：「我問你一個問題，看你聰明不聰明。」

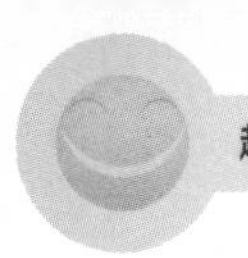

男友：「好啊！」

女友：「有一個啞巴，他要去便利商店買毛巾，就跟店員比手畫腳表達洗臉的動作，那人看懂了，就拿了一條毛巾賣他。那麼，有一個瞎子，他要買牙刷，要如何表達呢？」

男友：「——」

女友：「你幹嘛想那麼多呢？用嘴巴說不就好了嘛！」

不能娶

眼鏡深愛著陰莖，表達愛意時卻慘遭殘酷的拒絕。

眼鏡大聲咆哮：「為什麼？這一切都是為什麼？」

陰莖軟弱地回答：「我爸說了，兩腿老是無法合在一起的女人絕對不能娶進門！」

簡訊傳情（六）

老天爺看見你口渴，創造了水；老天爺看見你飢餓，創造了米；老天爺看見你流淚，創造了我；

然而，祂卻視而不見——

竟然創造了這個既帶衰又智障的你給我認識。

有罪之身（一）

猛男生來就有罪——

擁有強壯外表不能隨便哭還無所謂

成人之後從軍報國註定海軍陸戰隊

跟女人泡整晚下來總要嘿咻多幾回

入社會做苦差事要比其他人不怕累

跟富婆偷偷約會得低聲下氣求小費

對方付費無論美醜就一定得陪她睡

問路

有一對情侶開車經過一座農莊時，發現煞車器不靈了。

女友跳下車，隨即找了一個村姑打聽道：「請問，哪裡可以找到汽車的配件？」

村姑：「沒關係，你們繼續往前走啦，前面那個急轉彎旁邊有個很深的峽谷，那下面到處是零件。」

腳酸

女友：「小強走在路上，突然覺得腳很痠，為什麼？」

男友：「——」

女友：「因為他踩到檸檬！」

情人色謎語（九）

出題：紅牌妓女。（猜一成語）

正解：日理萬機。

無聊

男友：「唉～這過年好無聊喔！」

女友：「放這麼多天假，我們可以多做幾次愛呀！」

男友：「話是不錯啦，但不在上班期間偷偷的做，實在沒什麼成就感。」

猜名字

女友：「有一隻蜜蜂，牠只叮鼠、牛、虎、兔、龍、蛇、馬、羊、猴、雞、豬，請問，這隻蜜蜂的名字叫啥？」

男友：「——」

女友：「布丁狗！」

屁眼

阿瓜：「我發現無論是中國人還是美國人，都對屁眼極為重視。」

阿芳：「何以見得？」

阿瓜：「中國人常罵：你生兒子沒屁眼啦！而美國人也愛罵：kiss my ass！不是嗎？」

爽與不爽

學妹：「女人在嘿咻時會感到舒服嗎？」

學姊：「就像妳偷偷挖鼻孔一樣，當然舒服囉！」

學妹：「女人在嘿咻時會比男人舒服嗎？」

學姊：「沒錯！因為挖鼻孔時，舒服的是鼻孔，而非手指！」

學妹：「那女人被男人強暴時為什麼會感到痛苦呢？」

學姊：「廢話！如果有人過來強挖妳的鼻孔，會舒服才怪！」

學妹：「那為什麼女人月經來時，就不能跟男人嘿咻呢？」

學姊：「如果妳正在流鼻血，會想繼續挖鼻孔嗎？」

學妹：「為什麼很多男人在嘿咻時都不喜歡戴保險套？」

學姊：「廢話！誰會想戴手套去挖鼻孔！」

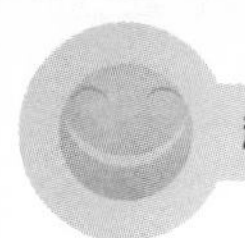

簡訊傳情（七）

想你是件開心的事。

見你是件快樂的事。

搞你是件興奮的事。

把你放在心上是我永遠要做的事。

不過——騙你，是剛剛才發生的事——

呵呵呵！

不良少年

斑馬深愛著天鵝，表達愛意時卻慘遭殘酷的拒絕。

斑馬大聲咆哮：「為什麼？這一切都是為什麼？」

天鵝滿臉歉容地回答：「我奶奶曾一再告誡我說，紋身的都是不良少年，不可以亂交往。」

情人色謎語（十）

出題：姦屍。（猜一句成語）

正解：出生入死或生死之交。

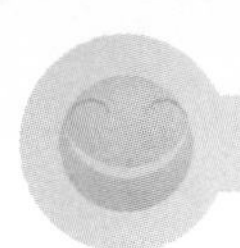

中國罵人經

A、商人專用版：「你這混帳！」

B、性產業專用版：「你這賤貨！」

C、廚師專用版：「你這混蛋！」

D、學生專用版：「贛林老師！」

E、同性戀專用版：「你他媽的生兒子沒屁眼！」

台灣男人的悲哀

有錢不能講，因為深怕會被惡少搶。

沒錢不能講，因為女友臉上會無光。

很多女人不能講，以免被綁加燙傷。

第一次

以下是一名既可愛又清純的高中女生的自白——

每個人都有第一次。

但我的第一次沒想到會那麼痛，那時我躺在床上等著身材魁梧的他，他體貼的叫我要放輕鬆點，接著，我看著他肆無忌憚的侵入我——啊！我看到我的血流出來了，好痛喔！

原來——「捐血」比我想像的還要痛！

成熟

男友：「請問，什麼東西長了毛之後就表示發育成熟了？」

女友：「哼！大色狼！我拒絕回答。」

男友：「哎喲，是玉蜀黍啦！」

際遇

同樣是十八歲的男孩，在跟女友說他們將來的志願是當小丑時，中國籍的女生通常會斥之為：

「胸無大志，我不理你了！」

外國籍的女友則會讚賞說道：「你的志願真偉大，願你把歡笑帶給全

世界！」

簡訊傳情（八）

電話響一聲，代表我想你！

電話響兩聲，代表我愛你！

電話響三聲，代表——媽的！我真的有事找你，還不快接！

犯賤

口琴深愛著吉他，表達愛意時卻慘遭殘酷的拒絕。

口琴大聲咆哮：「為什麼？這一切都是為什麼？」

吉他鄭重其事地說：「喜歡人家用嘴巴吹的男人都是大色魔。老娘才不屌你呢！」

口琴反譏：「哼！那妳喜歡人家用手撩撥不也很犯賤？」

情人色謎語（十二）

出題：掃黃時，警察為什麼不僅要抓流鶯也要抓三七仔？都是哪一個國家害的？

正解：伊拉克。

告吹

阿瓜：「我聽說，你跟阿花的婚事告吹了？」
阿呆：「對，她自始至終都嫌我窮。」
阿瓜：「那你跟她說過你有一位有錢的舅舅在台北沒有？」
阿呆：「說了。而她現在成為我的舅媽。」

失業

第一家公司。A老闆：「你目前處於失戀狀態嗎？」
小陳：「是的。」

於是，下班時A老闆對小陳說：「你明天不用來了！因為你連交個女友這樣簡單的事情都做不好，公司怎麼放心讓你去跑業務呢？」

第二家公司。B老闆：「小陳，你目前處於失戀狀態嗎？」

小陳：「沒有。我正熱戀中——」

於是，下班時B老闆對小陳說：「你明天不必來了！因為你極可能感情用事，本公司沒必要承擔這樣的風險。」

生長的地方

小強最近結交了一名讀國三的女友，她是個超愛搞笑的學生，有一

次，國文老師出了個作文題目：我生長的地方。以下是她寫的精彩片段——

我生長的地方非常多，國文老師這次出這題目讓我覺得不好寫，而且怪不好意思的，尤其這兩三年來，正處於青春期的我，身體各方面都快速生長，幾乎難以控制耶！

三選一

狠心的女友：「從明天開始，我給你三個選擇，你考慮好了再告訴我——」

男：「哪三種選擇？」

狠心的女友：「一、你離開我。二、讓我走。三、我們分手吧！」

跑道

酷男：「何謂跑道？」

辣妹：「可以跑步的路。」

「非也！」酷男：「『跑』這個字相信妳也知道，但是『道』呢？其實就是『說話』的意思，換言之，『跑道』正是一邊跑一邊說話。」

簡訊傳情（九）

如果老天規定一個男人一生只能對一個女人付出真情，我情願那個人就是妳。

我無悔無憾，至死不渝！但偏偏——

老天沒規定啊！那就算了！

情人色謎語（十二）

出題：短裙和長裙有什麼不同？

正解：前者看不到一點；後者一點都看不到。

猜題

男：「一片綠油油的大草原，請猜一種花？」

女：「梅花（沒花）！」

「答對了！」男：「題目繼續，又是一片綠油油的大草原，請猜一種花？」

女：「野梅花（也沒花）！」

男：「猴塞雷！妳又答對了！」

極樂台灣

一位到台灣買春的日本淫蟲，到一家供給外國男子做遊伴的招待所去。那裡的皮條客告訴他：「我們這裡有南部來的小姐，也有北部的小姐，隨你挑。」

日本淫蟲：「北部人與南部人有什麼不同？」

皮條客：「南部人動作火辣，服務周到，而北部人氣質非凡，感性浪漫。」

日本淫蟲：「那麼——我想要一個靠近北部也靠近南部的中部人。」

完成

台灣某幫派在招考成員。

笨笨的小黑前去報名，幫主對他說：「為了試驗你的膽識，加入本幫

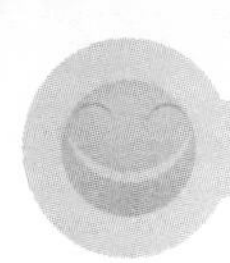

派之前一定要先通過兩樣考驗，一是擊斃一隻台灣黑熊，二是跟一個檳榔西施搞一夜情。完成之後你再來見我。」

「沒問題！」小黑。

過了幾天，卻見小黑全身是傷的跑回來，說：「幫主，我已經完成第一個任務了，接下來，我要去擊斃一隻檳榔西施。」

幫主：「哇哩咧——」

邀請

猛男：「妳願意接受我的邀請，到那間咖啡館坐坐嗎？」

辣妹：「不，謝謝！」

猛男：「妳要相信，我並不是隨便什麼人都邀請的。」

辣妹：「你也要相信，我並不是什麼人都想拒絕的。」

證實

妹：「根據醫學報導，接吻其實是有害健康的。」

哥：「妳說對了，昨天晚上我和女友在她家門前狂吻，結果，被他老爸撞見，直到現在腰還挺不直哩！」

情人色謎語（十三）

出題：一位沒穿內褲的檳榔西施，西風吹起她的短裙，猜三個歷史人

物。

正解：李白、毛澤東、孔明。

簡訊傳情（十）

根據統計，超過98%長得很豬頭的人都用大拇指來按鈕看簡訊。

嘿嘿嘿！你不用換手了啦，已經來不及了。豬頭喔！

情書

萱萱收到熱戀男友的來信，只見信上寫著：「寶貝，我好想妳！想妳那挑染的黃髮，嘴角旁的美人痣，還有妳左手上的刀疤，以及163公分的身高和47公斤的體重。」

萱萱的室友婷婷見了來信，說：「這種情書很少見！你的男友是幹什麼的啊？」

萱萱：「他在警局裡專門寫失蹤少女協尋告示的。」

極品

少女：「如果——小女孩是半成品，那少女是什麼？」

酷男：「成品！」

「答對了！」少女：「那處女呢？」

酷男：「是極品！」

「嗯，答得好！」少女：「我就是成品中的極品，你可要好好疼惜喲！」

紅杏出牆

橘子深愛柳丁，表達愛意時卻慘遭殘酷的拒絕。

橘子大聲咆哮：「為什麼？這一切都是為什麼？」

柳丁膽怯地回答：「我媽有叮嚀，衣服太好脫的女人都是騷貨，難保哪天不會紅杏出牆。」

傳簡訊（十二）

我把你的名字寫在風裡，可惜被吹走了；
我把你的名字寫在水裡，可惜被沖走了；
我試著把你的名字寫在任何一個我們曾經共同走過的地方，結果——
幹！我被警察杯杯抓走了！

有罪之身（二）

醜男生來就有罪——
情書範本的甜言蜜語要死背
每月薪水交給女友還無所謂

沒有付費休想對她求歡過夜
求婚還要拿八字給她媽媽配
不要高度期望女友真誠回饋
無論發生什麼總是你的不對
她可以對金城武寫真動心扉
而你卻不能提提天心的胸圍

吻別

阿瓜在約會出遊後，送阿花到家門口，然後熱情的對她說：「不想和我來

個吻別嗎？」

阿花矜持說道：「對不起，本姑娘和男孩子第一次約會，是不會熱吻的。」

「這樣喔！」阿瓜鍥而不捨地說：「那麼，最後一次呢？」

情人色謎語（十四）

出題：少一顆的波霸。（猜一國名）

正解：義大利。

傳情傳情（十二）

如果長得妖嬈是一種罪，我想我已犯滔天大罪。
如果長得美麗是一種錯，我想我已鑄成了大錯。
做人好難！而妳就幸運多了——沒錯又沒罪，真令人羨慕啊！

痛的感覺

學妹：「聽說『第一次』會很痛，是怎麼個痛法？」
學姊：「那種感覺——超像把一根胡蘿蔔硬塞到妳鼻孔裡。」
學妹：「那生小孩呢？聽說更痛是不是？」
學姊：「沒錯！就像把一顆冬瓜塞在鼻孔裡再硬擠出來。」

抱怨

女兒不停抱怨環繞在她周圍的男生，說他們都「太傻、太輕浮、太呆板、太好色」——太這個，太那個，總有一樣不好。

有一天，她突然宣布，終於找到了一個——或許也是世上唯一一個最完美的男性。

然而，當她宣布這一偉大消息時，卻沒有顯露高度興奮的神情。

媽媽問：「怎麼了？妳不是找到了世上最完美的男性嗎？」

「嗯。」女兒：「馬克的確是我最欣賞的男人，他挺拔、優雅、英俊、瀟灑，為人風趣，工作努力，心地也很善良。」

媽媽：「那就別再遲疑了嘛！」

女兒：「然而——他已婚。」

心跳加速

妹：「姊，我發現小強很愛我耶！」

姊：「你是怎麼知道的？」

妹：「每當他擁抱我的時候，我都可以清楚聽到他的心在怦怦跳，而且跳得好快喔！」

姊：「傻妹！那妳更要當心啊，想當年——妳姊夫就是身藏一只懷錶使我受騙的。」

傳染

阿花的男友一直很嚮往去旅行社從事領隊工作，可是阿花死也不肯答應。後來，男友揚言罷工，就此當個無業遊民。

阿花妥協了。「讓你去可以，不過帶團出國有個地方千萬不能去！」

「什麼地方？」

阿花：「泰國浴啦！那地方有一種非常可怕的傳染病——AIDS。如果你去了，你就會被傳染；你被傳染了，我就會被傳染；我被傳染了，你哥就會被傳染，你哥被傳染了，我姊就會被傳染；我姊被傳染了，你叔叔就會被傳染；你叔叔被傳染了，你媽就會被傳染；你媽被傳染了，你爸就會被傳染；你爸被傳染了，那我們全村子裡的人很可能都會被傳染，然後全村死光光！」

情人色謎語（十五）

出題：兩隻牛安安靜靜地在野合。（猜一成語）

正解：不謀而合。

求婚

傻蛋寫了一則簡訊給蠢妹：

「阿妹，我好愛妳，而且希望妳嫁給我！如果妳同意的話，就寫簡訊回答我。如果妳不同意的話，請不要打開這封簡訊。好不好？」

來晚了

一對男女到餐館用餐，點了幾道價格不低的菜——

其中有一道是清蒸石斑魚，女的嚐了一口說：「早知道是這樣的菜，我們一個禮拜前就應該來吃了！」

「一點都沒錯！」男的說。

站在一旁的老闆不禁露出滿意的笑容。

豈料，男的緊接著說：「如果早一星期來吃這條魚，牠應該還是新鮮的！」

女的點頭說道：「嗯！沒錯！是我們來晚了。」

好色之徒

熊貓深愛著天鵝，表達愛意時卻慘遭殘酷的拒絕。

熊貓大聲咆哮：「為什麼？這一切都是為什麼？」

天鵝滿臉歉容地回答：「我娘說了，戴墨鏡的都是好色之徒。」

情人色謎語（十六）

出題：歐里桑和歐巴桑在行房。（猜一成語）

正解：古道斜陽。

愛情會計學

暗戀是——無形資產。

緣分是——流動資產。

分手是——清算資產。

情人是——應收帳款。

想念是——分類帳簿。

出軌是——業外投資。

錯愛是——高估獲利。

吵架是——打消壞帳。

復合是——廢物利用。

回憶是——損益總表。

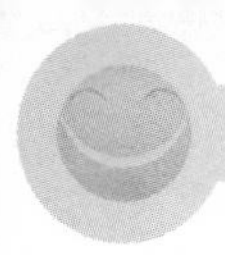

傷心

有兩個辣妹窩在網咖店裡，各自談起自己現任的男友——

辣妹甲：「我男友整天就只會喝酒啦、打麻將啦、把美眉啦，實在太讓我傷心了！」

辣妹乙：「我男友不會賭博、不會喝酒、不會把美眉——」

辣妹甲：「哇！妳好幸福喲！」

辣妹乙：「幸福個屁啦！他不會喝酒偏要喝；不會打牌偏愛打；不會把美眉也就算了，竟然偷拿我的錢去嫖妓。」

無料

一對情侶在百貨公司閒逛——

當他們來到內衣部門，女的就跟專櫃小姐討論起自己該穿什麼尺寸的胸罩比較好。

不耐久候的男生在一旁插嘴說道：「哎呀，妳又沒有什麼料，穿得再好也於事無補！」

女的一聽，不禁反唇相譏：「那你也沒什麼料啊！幹嘛要穿那麼貴的內褲？」

聰明

在寵物店裡，有一對情侶正在閒聊——

男：「我家的貓最聰明了，我問牠說要去哪裡拜拜啊？牠竟然會答

道——喵！」（廟）

女：「那有什麼好稀奇的？我問我家的狗拜拜要帶什麼啊？牠竟然這樣回答——汪汪！」（旺旺仙貝）

情人色謎語（十七）

出題：每個男人都有，但長短不一，教宗通常不需要它，而男人通常在結婚之後就給了他的妻子。（西方男人比東方男人長一些）

正解：Last name。

簡訊傳情（十三）

當潮起潮落，那是我想你的痕跡；
當細雨紛飛，那是我想你的感覺；
當星光閃耀，那是我想你的證據；
但當窗外雷電交加，那是我——
那是我向天詛咒你被劈中的心願。

勇氣

若盈：「女人結婚需要靠運氣，那男人結婚需要靠什麼？」
大雄：「勇氣！」

有病

大雄失戀了，整個人變得失魂落魄，還經常提筆寫信。

靜香非常好奇地走過去偷瞄，但大雄硬是不讓她看。

靜香忍不住問：「你給誰寫信啊？」

大雄：「寫給我自己啦！」

靜香：「怎麼會有人寫信給自己呢？你有病啊？都寫些什麼呢？」

大雄：「妳才有病呢！我還沒收到信怎麼會知道？」

點歌

某日，婉婷約男友到ＫＴＶ歡唱，便點了一首游鴻明的「夢婆湯」要她男友唱，但等了好久都不出來，於是，婉婷便按服務鈴。

新來的女服務生一進來，就很有禮貌的問：「小姐，有什麼需要為您服務的嗎？」

婉婷：「我們點的夢婆湯都還沒來耶！」

女服務生：「好，我這就幫妳催一下廚房！」

婉婷：「@#@%*！」

下海

以下是一對即將分手的情侶的談話——

女：「這些年來，你故意把我養成這麼胖，如今卻要跟我分手，害我

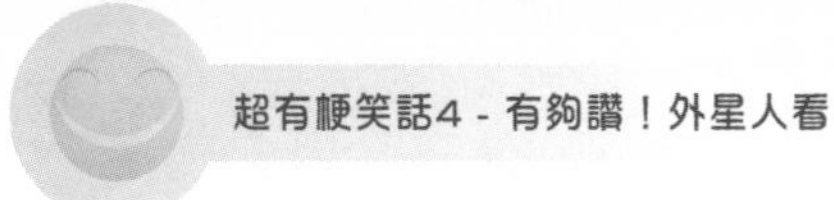

可能不會有人追了，我看——我乾脆下海算了！」

「妳要下海？」男：「那些嫖客豈不會被妳逼上岸？」

女：「哼！你竟然這麼說我——我不想活了啦！我要引火自焚，把自己燒成灰，讓你永遠都認不出來！」

男：「我怎麼可能認不出妳呢？只要找出其中最大坨的灰，就是妳囉！」

劈腿族

檳榔西施甲心有難題的對檳榔西施乙說：「前幾天我的E-mail收到一封匿名信件，警告我不得再和她的男友交往，否則會叫黑道打斷我的腿？」

檳榔西施乙：「妳真的跟人家的男友有染？」

檳榔西施甲：「嗯！」

檳榔西施乙：「那妳就不要了嘛！天下男人多得是！」

檳榔西施甲：「問題是——我那四個男友都是劈腿族，我根本不知道她指的是誰。」

擇偶

某婚姻介紹所專員，正介紹一個急於想結婚的男會員給三名女會員認識——

二十五歲的女會員問：「那男的長得英俊瀟灑嗎？」

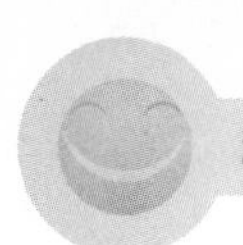

三十五歲的女會員問：「那男人從事什麼行業？年薪有多少？」
四十五歲的女會員問：「在哪？我們最快什麼時候可以碰面？」

情人色謎語（十八）

出題：開頭為「F」結尾為「K」的單字，如果你沒有它也可以用你的手。（猜一字）

正解：Fork。

黑桃五

一般而言，白種人似乎要比黃種人、黑種人來得性開放許多。

某日，有個白妞雙手戴著黑手套、雙腳踩著黑皮靴，一絲不掛、大搖大擺的跑去參加某個化粧舞會。

然而，當她正要進門時，警衛卻硬是將她攔了下來。「小姐，我們這個舞會有規定，想進去的人化妝成什麼都可以，就是不能什麼衣服也沒穿。」

白妞：「你神經病啊？難道你看不出我今晚扮的是黑桃五嗎？」

上流美名言

第一話：「如果妳想要去上流社會，偶可以帶妳進去，還可以借衣服給你穿。」

第二話：「我要為上流社會這句話向大家道歉，我事後有反省，這樣會傷害人，好像有點驕傲。」

第三話：「我的妝不像一般女孩子，我不用化妝水、乳液，直接就擦粉底，就算我把粉卸掉，皮膚的顏色也和粉底的顏色一樣。」

連環屁

某日向晚，阿瓜下班坐火車回家時，中途上來了一位婀娜多姿的小姐，她在阿瓜旁邊座位坐下，忽又想起忘記擦一擦，於是又站了起來，隨手從LV皮包裡抽出兩張面紙，很認真地擦拭著座位。

但在擦完之後，正準備坐下時，尷尬的事情卻發生了——她竟然放了一記連環屁——

那小姐只得假裝鎮定的偷瞄著阿瓜。

阿瓜自認為是正人君子，不會在別人出糗時發出訕笑之聲，尤其是面對像她這般美艷動人的小姐。於是，阿瓜就若無其事的對她說：

「小姐，妳好愛乾淨喔！擦乾淨了還嫌不夠，還要再吹一吹啊!?」

吃人

阿花、阿美、阿珠三個死黨在閒聊——

阿花：「我最愛吃烏魚子了，因為吃一小口就能吃掉一堆魚，好爽せ！」

阿美不以為然：「那麼，我愛吃滷蛋，不就一口吃掉了整隻雞嗎？比妳厲害吧？」

這時，只見一旁的阿珠紅著臉低頭不語。

「阿珠，妳的臉怎麼紅成那樣Ｙ？」

阿珠亂不好意思的回答：「因為我突然想到——那我跟我男友在一起時，不就常常一小口就吃掉一堆人嗎!?」

原諒

女：「都交往這麼久了，我們乾脆同居吧！」

男：「萬萬不可！我老媽不會原諒我！」

女：「那我們乾脆結婚算了！」
男：「也萬萬不可！」
女：「為什麼？」
男：「我不會原諒我自己！」

狗男人

十歲是玩具狗——無用武之地。
二十歲是賴皮狗——對女生窮追不捨。
三十歲是獵狗——積極找獵物。
四十歲是野狗——四處打野食。

五十歲是瘋狗——不自量力。

六十歲是死狗——玩完了。

電影分級

普遍級——只有好男人才能跟女主角那個。

輔導級——壞男人也可以跟女主角那個。

限制級——只要是男演員，包括攝影師、導演在內，人人都可以跟女主角那個。

情人色謎語（十九）

出題：裸女坐在石頭上。（猜一英文單字）

正解：becausee。

找班代

教務主任派一位學妹來找四年丙班的幹部——

學妹：「報告，找你們班的班代。」

學長們：「他不在喔。」

學妹：「那——找你們班的副班代。」

學長們：「他也不在耶。」

學妹：「那你們班的學藝股長在不在？」

學長們：「剛出去了說。」

學妹：「欸──那隨便來一個股長好了。」

「啪、啪、啪、啪！」於是，四年丙班響起了一片鼓掌聲。

蝴蝶的成長

男：「妳的一生就像蝴蝶一樣──」

女：「是──既絢爛又美麗嗎？」

男：「不！是以變態之姿成長。」

情人色謎語（二十）

出題：你可以在男人的褲子裡發現他的存在，大約有六英吋長，上面有個頭，天下的女人幾乎都愛它。（猜一物）

正解：鈔票。

少女姓名學

台灣年輕女性在為自己取英文名字時，就姓名學上的好惡而言，其實潛藏著相當比例的性格傾向，只是自己從未偵知而已。茲將這樣的怪現象整理如下：

刁鑽、小氣型的女生——通常會為自己取Anita的英文名字。

任性、跋扈型的女生——通常會為自己取Vivian的英文名字。

自負且自戀型的女生——通常會為自己取Mitchell的英文名字。

官方色彩濃厚、非常自信型的女生——通常會為自己取Ruby的英文名字。

覺得自己深受歡迎，且中文名字裡有個佩字的女生——通常會為自己取Peggy的英文名字。

喜歡談論他人是非、屬於八卦型的女生——通常會為自己取Jennifer的英文名字。

感性美女型的女生——通常會為自己取Claire的英文名字。

知性美女型的女生——通常會為自己取Zoe的英文名字。

理性美女型的女生——通常會為自己取Irene的英文名字。

自認為是女強人的女生——通常會為自己取Rita的英文名字。

做事一板一眼、沒商量餘地的女生——通常會為自己取Jessica的英文名字。

皮膚黝黑、怪裡怪氣型的女生——通常會為自己取Tammy的英文名字。

甜姐兒型的女生——通常會為自己取Alice的英文名字。

超黏、小鳥依人型的女生——通常會為自己取Angel的英文名字。

中文程度

拜「本土化」和「崇洋心理」所賜，台灣男孩的「中文程度」真可說

是每下愈況。比方說，阿光寫給女友阿珍的信件，就曾經出現以下幾次重大的錯誤——

錯誤一、阿珍！我有跟部隊裡面的弟兄講，晚上四下無人，千萬不要從背後拍我的肩膀，我很容易「受精」的——

女友阿珍評：「對了，你可千萬不能懷孕呀！」（註：受驚）

錯誤二、阿珍！電視說重金屬污染過的牡蠣，會「治」癌，妳不要常常去吃牠啊！

女友阿珍評：「不！既然是這樣，我會多吃！」（註：致癌）

錯誤三、阿珍！昨晚我跟連上弟兄到速食店吃晚餐，我們一共點了四個漢堡和雞份一塊。

女友阿珍評：「好吃嗎？雞糞？」（註：雞塊一份）

錯誤四、阿珍！今天早上我準備外出打靶時，匆忙間不小心給肛門夾到了，好痛喔！真衰！

女友阿珍評：「誰的肛門那麼大啊？」（註：鋼門）

錯誤五、阿珍！下個星期天，我們作伙來去歷史博物館參觀「冰馬桶」好嗎？

女友阿珍評：「天底下真有這樣的東東嗎？快帶我去看！」（註：兵馬俑）

錯誤六、阿珍！我們早上起床整裡「遺容」後，就要到連集合場去開始出操，真的好累人喔！

女友阿珍評：「你們部隊是殯儀館？我怎麼不知道？」（註：儀容）

醜女跳樓

有個醜女從三十樓一躍而下，準備來個驚天動地的「跳樓自殺」行動，但是一跳之後卻立刻後悔了——

於是她祈禱著：「老天爺啊！快救救我！任何條件我都答應！」

登時，一隻手從二十五樓伸出來，一個醜男抓住了她，說：「我要和妳做愛！」

醜女不從，當下打了醜男一巴掌，說：「無恥之徒！癩蛤蟆想吃天鵝肉啊？」

於是，那醜男放手，醜女又往下墜——

不過，她又後悔了，於是再次祈禱：「天神啊！快救我吧！任何條件我都答應！」

登時，有一隻手從十五樓伸出來，一個臭臭的怪叔叔抓住了她，說：「我要和妳做愛！」

醜女隨即打了他一巴掌，罵道：「無恥之徒！癩蛤蟆想吃天鵝肉啊？」

於是，那怪叔叔放手，醜女又往下墜——

這會兒，她真的後悔了——「天啊！救我！這次我真的任何條件都會答應的！」

說時遲那時快，一隻手從五樓伸了出來，一個猛男抓住了她，醜女定

睛一看，「哇！孔武有力型的耶！」

於是，醜女搶著說：「好！只要救我，我就願意和你做愛！」

然而，那猛男打了她一巴掌，說：「無恥賤貨！」

接著，猛男猛力一扔，醜女竟以更快的速度掉到一樓地面了。

罵男人

中國各地的女人在罵男人時，其實各有獨特的區域文化色彩：

四川女娃：「我閹了你！」

廣西女娃：「我宰了你！」

湖北女娃：「我劈了你！」

北京女娃：「我滅了你！」
山東女娃：「我爽死你！」
上海女娃：「我嗲死你！」
河北女娃：「我捂死你！」
雲南女娃：「我毒死你！」
江浙女娃：「我踩死你！」
新疆女娃：「我勒死你！」
蒙古女娃：「我泡死你！」
湖南女娃：「我辣死你！」
福建女娃：「我掐死你！」
高雄女娃：「我愛死你！」

廣東女娃：「我憎死你！」
海南女娃：「我砸死你！」
徐州女娃：「我煽死你！」
西藏女娃：「我憋死你！」

情書

親愛的婷婷：
我對妳1見傾心，絕無2（惡）意。
能和妳相遇真是3生有幸，即使這情路4面楚歌。
妳那勾魂的5官，令我6神無主，妳的輕盈體態總讓我心情7上8

下，99（九九）不能平息。

如果我的擇友條件及格分數是10分，妳一定超過11分，最起碼也該給12分，而我非常厭惡13這個數字，所以妳當然有14分，若再加上妳的美腿其實已不只15分，16分甚至還嫌少呢！所以我決定暫時給妳17分。

我現在快滿18歲，再過幾天就是19歲了，20歲那年我會怎樣呢？難道還會像今年一樣被21嗎？還要再繳22萬元的學費嗎？我真的希望23歲之前能順利畢業。只是——我24小時都在睡。

我猜妳今年未滿25歲，其實——就算26也無所謂。

27也不過才大我9歲。

28年華的女人據說最美，即使29跟我還是很速配。

30我還是會考慮考慮唄。

如果妳是31——那就算我衰，32我應該會開始反胃，33的話我寧願自己一個人睡。

如果是34，就請別釣我這個18歲，因為我娘也不過才35歲。但我還是會想送妳36朵紅玫瑰，並且以37個掌聲敬祝妳今年的38婦女節快樂。

帶種

一位非常老實的台商準備去上海洽商。

他上了飛機坐定之後，卻驚訝的發現身旁竟坐了一隻衣冠楚楚，繫著安全帶的老鸚鵡。

當這老實的台商向女空服員要杯咖啡時，身旁的老鸚鵡竟對著女空服

員嘎嘎大叫：「喂！妳怎麼長得那麼胖啊？一定是懶惰造成的。好吧！反正妳要跑一趟，也順便幫我弄杯紅酒來喝喝吧，動作快！」

當面受到屈辱的女空服員，儘管忿忿不平，不久後還是盡責的端來一杯紅酒，但卻把老實台商點的咖啡給忘了。當她要再跑一趟去端咖啡時，老鸚鵡已經把她剛端來的紅酒一飲而盡了，隨即又嘎嘎大叫：「老子還要再喝一杯，妳這個又胖又醜的女傭。」

暗自氣惱不已的女空服員，不久後還是盡責的端來第二杯紅酒，不過因怒火未泯，又把台商所點的咖啡給忘了。

這時，老實的台商再也受不了女空服員「吃硬不吃軟」的劣質服務，所以決定採取老鸚鵡的謾罵法：「喂！妳耳聾了是不是？老子跟妳要咖啡要了兩次，妳都忘記。妳這個又笨又肥的女人，現在趕快去給我弄來，否

則休怪當眾給妳難堪。」

幾分鐘後，兩名壯碩的空少走了過來，他們二話不說，就把台商和老鸚鵡從座位上揪了起來，然後打開緊急逃生門，把他們一起扔出機外。

正當一人一鳥在空中急速下墜之際，那老鸚鵡突然展開雙翅，並轉頭對台商說：「就一個不會飛的呆瓜來說，你剛才的表現真他媽的帶種，老子真是服了你！bye bye！」

死因

阿花：「有個女人死在荒野之中，身旁只有一個沒打開的包裹，請問她是怎麼致死的？」

阿瓜：「從飛機上摔下來。」

阿花：「差一點就答對了，正確答案應該是玩滑翔翼出事跳傘時忘了開傘而致死。」

情人色謎語（二十一）

出題：進去時是硬的，出來時是軟的，而且吹一吹會感覺比較爽。（猜一物）

正解：口香糖。

吻的種類

音效型——有些男生在親吻時，特愛製造恐怖音樂，如：「乩——嘶！嘶！嘶！」（這是摩托車發不動還硬催油的聲音）、「啵！啵！啵！」（這是窗櫺缺油潤滑的聲音）、「咕！咕！咕！」（這是食蟻獸哭餓的聲音）、「拔！拔！拔！」（這是使用開罐器的聲音）、「噓！噓！噓！」（這是母親幫孩子噓尿的聲音）。

牡蠣型——有些男生喜歡把舌頭擺在女生嘴巴裡，動也不動，一待就是好幾分鐘，實在很噁心。

坦克型——外表粗獷的男生特別偏愛用自己的牙齒去磨女方的牙齒，並且如同斧頭鋸木般的來回摩擦。一場吻戲下來，女生往往中樞骨幹壞死，甚至窒息。

嬰兒型——有些男生在接吻時特別血脈賁張，口腔分泌物也就無法控制，誠如「黃河之水天上來」般的幾乎要把女方徹底淹沒。尤其是做完愛，女方不僅滿臉都是口水，胸前、臀溝也會濕成一大片，活像剛哺乳完的孕婦。

建中型——依循規律的路徑和機械式的滑動，簡直跟刷油漆沒兩樣。重規矩、守秩序，一個口令一個動作：嗶！張嘴。嗶！吐舌。嗶！上搓。嗶！下揉。嗶！出來。嗶！吐氣。嗶！重複一次。唉！委實土爆了。

情操

阿淦和阿美是從事「華語和美語差異」的研究生，也是標準的學生情

侶黨，以下是二人精妙的對話——

阿淦：「華語充分顯示對家庭及父母的尊重，而美語則充分顯露個人主義的色彩。例如：台灣人會說：幹你娘！而美國人則是說：fuck you！」

阿美：「嗯，沒錯。罵人的主旨是為了傷人，所以會攻擊對方的要害。台灣人因注重孝道，所以才罵幹你娘，而不是直接罵對方；美國人罵fuck you，相對的只是攻擊對方個人，而不會罵對方的父母。」

阿淦：「嗯，沒錯。而台灣人除了注重孝道之外，其實也很尊師重道！」

阿美：「何以見得？」

阿淦：「台灣人常說：幹你老師或賽你老師，但在美國社會卻從未有

人說過：fuck your teacher！這就足以證明羞辱美國人的老師，美國人不一定會生氣，但若侮辱台灣人的老師，就極可能被扁！」

阿美：「除此之外，我還發現華語充分表達對古人、祖先的追思，而美國人卻沒有。例如：台灣人常說：幹你祖嬤！而我們卻從未聽美國人講過：fuck your grandfather or grandmother！由此可見，台灣人慎終追遠的可貴情操！」

救命啊！

阿瓜的女友阿香是一個正在實習的白衣天使，某學期被分到精神科醫院服務。有一天——

某精神病患不知從哪裡弄到了一把鐮刀，竟開始瘋狂的追殺阿香，一邊追還一邊大叫，嚇得阿香連滾帶爬的大喊：「救命啊！救命啊！別殺我啦！」

其他護士們莫不嚇得血色盡失，根本不敢上前解救。

阿香只好一直跑一直跑。後來，她跑到急診室一不小心跌倒了，只見那個神經病患邊笑邊晃著手裡閃閃發亮的鐮刀，步步逼近阿香。

阿香心想：「完了完了！這下

沒命了！我才十九歲啊！怎麼就要死在這裡了！天啊！我幹嘛來當護士啊!?」

嚇到腿軟的阿香，只得閉起眼睛任由處置。

卻見，那精神病患居然把鐮刀塞進阿香的手中，然後煞有其事的說：「好啦好啦！拿去！現在換妳來追我了——」

接著，那精神病患就開始一邊跑一邊興奮的大喊：「救命啊！救命啊！」

「哇哩咧！」頓時，只留下一臉錯愕的阿香拿著鐮刀愣在原地。

後悔

有一個芳齡二十五歲的女子，在阿姨的介紹下，第一次相親。

一番老掉牙的客套話之後，女方覺得男方好像沒什麼錢，更何況自己還年輕，機會多的是，便想要拒絕這次的相親。

正當她想打退堂鼓的時候呢，男方突然開口問：「這是妳的第一次相親嗎？其實——我早該聽我姊姊的忠告，相親時若沒有極度不滿，最好還是跟第一次相親的對象結婚。」

女方：「怎麼說？」

男方解釋道：「根據我姊姊相親多次的經驗，相親次數越多，對於對方的滿意程度就會逐次下降，畢竟，每次都會對下一次有更多的期待，結果呢，我姊姊最後不得已結婚了，卻還是覺得第一次相親的男孩最好。」

「這——」女方心想：「天啊！他可不是在暗示我嗎？這男人一定是喜歡我了！」

女方不禁有點得意，心裡又想：「其實——他說的也頗有道理，何況他的外表長得還不差，我似乎可以再給他一點機會。」

於是，女方嬌羞的問：「那麼，您打算順從姊姊的勸告囉？」

「是啊！兩年前如果我肯聽她的話就好了！」男方一臉悔意的說。

少男姓名學

台灣年輕男性在為自己取英文名字時，就姓名學上的好惡而言，其實也潛藏著相當比例的性格傾向，只是自己從未偵知而已。茲將這樣的怪現象整理如下：

沉默老實型的男生——通常會為自己取Jack的英文名字。

官位大、領導型的男生——通常會為自己取Mark的英文名字。

蛋頭、禿頭型的男生——通常會為自己取Robert的英文名字。

調皮搗蛋型的男生——通常會為自己取Kenny的英文名字。

家裡很有錢的男生——通常會為自己取Boss的英文名字。

自以為是型的男生——通常會為自己取Jackson的英文名字。

女人緣頗佳的男生——通常都是取Ryan的英文名字。

功課特別好的男生——通常都是取Willie的英文名字。

運動細胞特別強的男生——通常都是取Jordan的英文名字。

性慾超強型的男生——通常會為自己取Simon的英文名字。

機車、火車型的男生——通常會為自己取Thoms的英文名字。
幽默搞笑型的男生——通常會為自己取Sam的英文名字。
自認為長得很帥的男生——通常會取Kevin的英文名字。
彬彬有禮型的男生——通常會為自己取Hank的英文名字。

請假

阿瓜想帶女友阿花出國玩，於是向老闆請假，然而，他老闆卻斷然拒絕了——

「為什麼？」阿瓜忿忿不平的問。

老闆：「你想請五天假啊？門兒都沒有！想想看，一年有365天你可

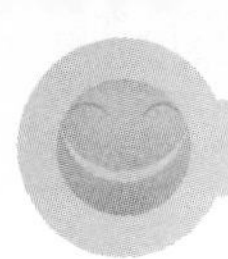

以工作，而一年有52個禮拜，你已經每個星期休息兩天了，就剩下261天可以工作而已。

老闆喝口水繼續說道：「可是你每天有16小時不在工作，就這樣，又去掉了170天，剩下91天可以工作而已，而你每天又花了大約30分鐘的時間喝咖啡、看報紙，加起來每年就有23天，剩下68天可以工作而已。」

老闆抽根菸繼續說道：「每天午飯時間，你花掉約1小時，又這樣用掉了46天，還有22天可以工作而已，可是你，通常每年會請三天病假，這樣你的工作時間只有19天了，況且，每年又有5個節慶假日，公司休息不上班，所以實際上你只幹了14天耶，問題是——每年公司還會慷慨的給你10天假期，算下來你就只工作4天而已。而你他媽的還要向我請五天假？

你以為我這個老闆是個大傻瓜嗎？」

情色謎語（二十三）

出題：舔也硬，不舔也硬，約會時若想舒服地進行，最好先搓搓它。（猜人體某器官）

正解：牙齒。

描述

有位醜女衣衫不整的跑到警察局報案——

醜女：「警察先生！我被強暴了！」

警察：「對方有何特徵？」

醜女不好意思的說：「力道猛、姿勢多變化、耐力特強！」

警察：「@＃$％！」

開戶

南台灣，有個言行粗俗的工人跑進銀行，跟櫃檯小姐說：「查某！我要開個戶頭啦！卡緊！」

櫃檯小姐：「沒問題，先生，不過你不需要用這種口氣跟我說話！」

粗俗的工人：「啥小？妳的動作快點好不好？趕快幫我弄個帳戶啦！

我要趕時間！」

櫃檯小姐：「先生，你罵髒話耶！男人怎麼可以用這種口氣跟女人說話呢？」

粗俗的工人：「啊別浪費我的時間啦！快點——幹！」

櫃檯小姐：「抱歉，先生，我想我該請我們經理出來了。」

於是，櫃檯小姐就跑進經理室向她的男友經理告狀。一會兒，經理安慰著女友走了出來，當下就和那位粗俗的工人理論：

「幹！到底發生了什麼事了？」

粗俗的工人：「幹！我只想弄個戶頭存入我昨天贏得的三億元大樂透而已，別再雞雞歪歪啦！」

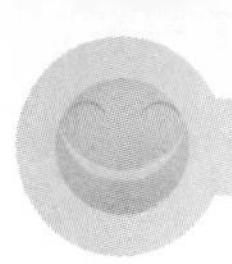

銀行經理一聽，立刻低聲下氣的說：「好的好的，我代表這個賤貨向您說聲對不起，歹勢歹勢！」

禱告

阿信興致勃勃地走進西藥房買保險套——

西藥房老闆：「你要買三個裝的還是一打裝的？」

阿信考慮了一下：「今晚十點以前，我要先和她的父母共進晚餐，然後，我們兩個再驅車前往汽車旅館共度浪漫的夜晚。我想我會對她需索無度，所以三個保險套勢必不夠用，你還是給我一打裝的好了。」

西藥房老闆：「年輕人，真有你的，祝你今晚玩到腿軟。」

「謝謝，只要先搞定她的家人，我就會全力以赴，力創佳績！」阿信當下就買了一打保險套。

晚上，阿信盛裝打扮準時赴宴。但在準備進餐之前，阿信卻提出建議：「伯父伯母，我可不可以先來個飯前的禱告？」

「當然可以！」阿信女友的媽媽搶著說，但她的爸爸卻嚴肅地不發一語。

於是，阿信便閉上眼睛開始祈禱，但一直持續了好幾分鐘，好像停不下來似的。

阿信的女友依過來問：「你從來沒告訴我你是如此虔誠的基督徒耶！」

阿信漲紅著臉回答：「欸，問題是——妳也從來沒告訴我，妳老爸是

開西藥房的！」

性愛可減肥

對男人而言，「性愛」確實是減重的好方法，因為它能燃燒卡路里。請參考以下專家所提供的確切數據：

脫去她的衣服——經由她的同意，約消耗16卡；半推半就，約消耗80卡；強行侵犯，約消耗192卡。

脫掉她的胸罩——用雙手，約消耗8卡；用單手，約消耗5卡；用嘴，約消耗99卡；半推半就，約消耗50卡；強行拔除，約消耗117卡。

戴上保險套——在勃起時，約消耗9卡；半勃起狀態，約消耗65卡；

未勃起時，約消耗214卡。

和她的親密接觸——試著找到「入口」，約消耗26卡；終於找到「G點」，約消耗62卡；搞錯了又重來，約消耗94卡；把她抱上床，約消耗133卡；把她壓下去，約消耗39卡。

性姿勢——女騎士體位，約消耗44卡；立姿射擊式體位，約消耗77卡；旁敲側擊式體位，約消耗138卡；傳教士體位（伸直體位，約消耗38卡、屈膝體位約消耗23卡、高腰體位約消耗28卡）；狗趴式體位，約消耗71卡；蝴蝶式體位，約消耗119卡；義大利弔燈式體位，約消耗355卡；兔吸毫，約消耗3卡；魚接鱗，約消耗19卡；鶴交頸，約消耗55卡。

讓她達到高潮——真的，約消耗765卡；假的，約消耗251卡。

自己獲得高潮之後——乖乖地停留在原處數秒鐘，約消耗13卡；依然

持續衝撞動作，直到海枯石爛為止，約消耗196卡；立刻退出，約消耗50卡。

重振雄風，還要續戰——16至18歲，約消耗16卡；19至21歲，約消耗26卡；23至26歲，約消耗49卡；27至32歲，約消耗96卡；33至40歲，約消耗217卡；41至50歲，約消耗533卡；51至60歲，約消耗1294卡；61歲以上，約消耗3298卡至氣結身亡。

血衣

從前有個叫阿火的男人，結交了一個女友。他非常愛她。但有一天，他女友卻移情別戀了，甚至連一個最後的告白都沒給他。

眼見自己的女友跟別的男人摟摟抱抱穿過大街，阿火妒火中燒，因而喪失理智。

於是，在某個淒涼的夜，他把昔日女友殺了。

原本，阿火計畫殺了她之後再跳樓自殺的，然而，臨死前他才感到生命的無價，所以選擇落跑。

從此以後，他日夜被噩夢困擾、被幻影所欺——夢中，女友披頭散髮、紅舌及膝，並且一再伸出銳利的長指甲向他索命。

如此噩夢，百般糾纏，終於把阿火折磨得不成人形。

有一天，他鼓起勇氣找來一位道士為自己作法，希望就此擺脫厄運。

那道士還算專業，立即要他做三件事：

A、把他女友生前所留下的衣物全部燒掉。

B、把埋在花園裡的血衣挖出來重新洗淨。

C、所有的事情必須在凌晨四點之前完成，不然就得隨時等待死神的召喚。

他信以為真，完全遵照道士的叮嚀，欲將每件事都做好，只可惜，力有未逮，那件血衣卻怎麼搓洗都洗不乾淨。

牆上掛著的時鐘，眼看馬上就要走到四點了，豆大的汗珠從他的臉頰不斷滑落——

「奇怪，這血怎麼會洗不掉呢？」阿火心急如焚。

這時，忽然雷聲大作，接著風雨交加，然後，一陣狂風把窗戶玻璃打碎了，緊接著屋內的燈也全熄了，整個屋子陷入一片漆黑和死寂。

雷光中，阿火的女友終於現形了，她穿著染滿鮮血的白色套裝，眼裡布滿著憤恨的血絲。

她以猙獰的面目怒指著阿火說道：「你想知道為什麼洗不掉血跡嗎？」

阿火嚇傻了，連忙跪地求饒。

他女友繼續說道：「因為——因為你沒用『白×洗衣粉』洗啦，笨瓜！」

要求

期中考考完之後，一位身材性感的大學女生走進了教授辦公室，以略帶媚惑的

口氣說：「教授，我這次考得很差，如果您給我及格的話，我願意為你做任何事。」

教授一聽，眼睛不禁亮了起來：「妳真的願意為我做任何事？不後悔？」

女大學生媚態萬千、確切不移地說：「沒錯！況且我男友也表示支持我了，只要您提出要求，我一定會答應的。」

「嗯——」教授想了想，便很興奮地說道：「那麼——從現在起，妳就給我——給我好好用功讀書吧！」

女大學生：「哇哩咧！」

命名

阿強剛買了一部新的機車，就很認真的對他女友說：「親愛的，我想用妳的名字為我的愛車命名！」

結果，阿強的女友竟然回絕他說：「才不要呢！誰要天天被你騎在下面！」

情色謎語（二十四）

出題：女人若是一本書，那男人首先想翻的是哪一頁？

正解：版權頁。

爽就好

莒光夜，某天兵作文簿上寫著：

「上禮拜天，我放假，回去看女友，我好爽。後來，又看到我女友和她前夫所生的小孩，她已經長大，會叫我叔叔了耶，我好爽。可是，時間過得好快喔，五天的假一下子就過去了，要收假了，我很不爽。一回到部隊，天氣變得好熱，我更不爽。不過，想到再過一個月就可以再放五天假，我還是很爽，因為，一個月也應該一下子就過去了吧！到了那個時候，我又可以回去看女友，我好爽。」

教育班長批改完，不知道要寫些什麼評語才好，於是寫了：「爽就好！」

轉交

女秘書：「老闆，你女朋友打電話來，她說要在電話裡吻你。」

老闆：「好吧！妳先替我收一下，一會兒過來轉交給我。」

成語

情婦：「你又遲到了！用一句成語說明現在的情況，說得好我就不罰你。」

已有妻室的中年富商：「相見恨晚！」

太貴了

有一位打扮入時的醜女的車牌，叫男人看了都會不約而同地猛搖頭，說：「哇哩咧！實在太貴了吧！」

因為——她的車牌號碼是：「QK-9000」。

白馬王子

記者：「妳們心目中白馬王子的條件為何？」

如花：「最好是『白手起家』，要不然就是『馬上成功』。」

純美：「『王親國戚』當然也可以，要是『子承父業』那就更棒了。」

情色謎語（二十五）

出題：阿花長得很醜，但卻仍有兩個大帥哥為了她而大打出手，為什麼？

正解：因為任誰都不想跟她「炒飯」。

台灣國語

阿美最近拍拖了一個「台灣國語」超重的有錢人，某日，他們到雜貨店買東西，他男友就問小姐說：「阿妳甘五賣火爐？」

小姐：「你要烤身體的還是烤肉用的？」

「烤妳去死啦！我要買洗頭毛的『飛柔』啦！」

數學

夫：「女人有四肢，男人有五肢，女人和男人在做愛時，總共有幾肢？」

妻：「八肢！」

夫：「錯！」

妻：「九肢！」

夫：「錯！」

妻：「──」

夫：「正確答案是──八肢、九肢、八肢、九肢──。」

吹氣球

有一對夫妻做愛時，不小心被小女兒撞見了。

小女兒問：「爸、媽你們在幹嘛？」

媽媽說：「妳爸爸太胖了，我要把他身體的空氣壓出來。」

小女兒：「哎呀，沒用的啦，住對面的阿姨還是會像吹氣球一樣，把氣吹進爸爸的肚子裡啦！」

燦爛的笑

牧師：「聽說這位老太婆是被雷劈死的，為什麼她的遺容會笑得如此燦爛呢？莫非是受到偉大的主的感召？」

老先生：「應該不是，只因閃電發生時她以為有人要給她拍照。」

界線

年輕夫妻同睡一間房，但因臨睡前吵了一架，妻子便畫了條界線，且跟丈夫說：「越過線的是禽獸！」

隔日早晨醒來，妻子發現丈夫真的沒越過界，竟然狠狠揍了丈夫一拳說：「你真的比禽獸還不如耶！」

見鬼

夫問妻：「妳曾在鬼月見過鬼嗎？」

妻：「沒見過。」

夫：「教妳一個方法，妳擦個口紅、穿上紅衣、照照鏡子，然後大聲喊叫三聲：鬼！鬼！鬼！那時妳就可以看得一清二楚了。」

老大不乖

有對夫妻生了一對雙胞胎，哥哥叫「守鎗」，弟弟取名「克兄」。

某日，「守鎗」為了搶玩具，狠揍了「克兄」一頓。

丈夫見狀，很生氣地跟妻子說：「老婆！妳帶克兄（客兄）進去房間玩，我要在這裡打「守鎗」（手槍）。」

帶動唱

瘸子和瞎子新婚不久，兩人共騎一輛單車出遊。瞎子騎，瘸子看路。

騎著騎著，瘸子發現前方有條大深溝，急忙呼叫：「溝！溝！溝！」

沒想到，瞎子竟然回唱：「阿累阿累阿累！」

結果——兩人一同掉入溝中。

自己買

傻夫在溪邊釣魚，用麵包屑釣了老半天都沒釣到，心想沒關係，用蚯蚓或小蝦米，魚總該會吃吧！

結果，還是功敗垂成。

陪在一旁的傻妻，氣得快死，就拿出十幾個銅板丟入溪中說：「幹！賞給你們啦！要吃什麼你們自己去買！」

吃飯時

有對蒼蠅夫婦在吃大便。

公蒼蠅突然問母蒼蠅：「為什麼我們就一定要吃大便呢？」

母蒼蠅：「在吃飯時，你不要說出那麼噁心的話好不好？」

鬼妻

夫：「鬼月到了，妳晚上出門可要小心一點喔！」

妻：「哼！老娘天不怕地不怕！」

夫：「因為我真的很擔心妳——會嚇到鬼！」

不抽菸

有個男的想向一個女的求愛，但他身體的那部分小得可憐，所以一直難以啟齒。

有一天晚上，在黑暗中，他故意把那部分放在女的手裡，想看看她有什麼感覺。結果——她說：

「對不起！我不抽菸！」

簡訊

愛發簡訊——是「信生活」。

只收不發——是「信冷感」。

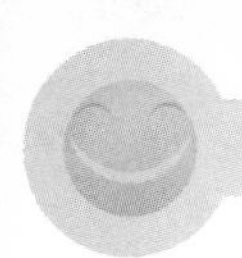

發錯對象——是「信騷擾」。

發不出去——是「信功能障礙」。

常看簡訊發笑——是「信高潮」。

風光不再

胖婦：「想當年我啊！容貌就是容貌，身材就是身材，正面望去山明水秀，側面看來懸崖峭壁，背面則是一片柳暗花明，你說是吧？」

胖夫：「是沒錯啦！可見這些年來妳的水土保持做得有多失敗！」

逼問

有躁鬱症的妻子，對著晚歸的丈夫吼道：「說！昨天接你電話的那個女人是誰？」

夫：「昨天？」

妻：「沒錯！為什麼她會在半夜接你的電話，而且還跟我說：您撥的號碼現在收不到訊號，請稍後再撥——你最好趕快說清楚、講明白！她到底是誰？」

說謊

中年男子的六大謊言：

一、我還沒娶老婆。

二、我最愛妳或我最疼妳。

三、到汽車旅館休息一下，只是想多聊聊。

四、我只想裸身擁抱，不會真的放進去。

五、放心，懷孕了我會負責的。

六、零用錢不夠的時候，記得CALL我。

婚後

甲：「已婚婦女做完愛之後，最常對先生說什麼？」

乙：「我愛你！」

甲：「錯！」

丙：「好爽哦！」

甲：「錯！」

丁：「你好棒哦！」

甲：「還是錯！」

戊：「那到底是什麼？」

甲：「我的內褲在哪裡？」

吃大的

一對傻子夫妻流落到一處無人島上。他們已經沒有東西可以吃了，夫妻倆便決定先砍掉某人身上的某個部位來吃吃。

登時，傻妻看見傻夫在手淫，就問他為什麼要這樣做。於是，傻夫就說了：「笨蛋！弄大一點才夠我們兩個人一起吃啦！」

親熱

一對新婚夫婦在沙發上忘情纏綿。

夫：「老婆！妳那地方今天感覺很乾哦！」

妻：「呆瓜！你舔到沙發布了啦！」

獨眼龍

阿花：「如果妳老公有外遇，妳會怎樣對付他？」
阿美：「我想我會睜一隻眼閉一隻眼。」
阿花：「哇！妳這麼大方呀？」
阿美：「不！我是要用獵槍好好瞄準他！」

發春

發春的馬——跳跳跳！
發春的驢——叫叫叫！
發春的丈夫——翹翹翹！

發春的妻子——要要要！

破了

妻：「保險套破了和降落傘破了，有什麼分別？」

夫：「降落傘破了，從此世界少了一人；保險套破了，從此世界多了一人。」

衛生

一對龍鳳胎在母親肚子裡聊天——

男嬰：「老爸挺不錯的，經常伸頭進來看我們，可惜不太衛生，常常吐口痰就走。」

女嬰：「欸，還是隔壁的大伯愛乾淨，他每次吐完痰之後還會用袋子把痰取走。」

不早說

鄉下一對老夫婦，他們從未看過日本A片。某日，老爺爺心血來潮，在夜市買了一片回家，並且邀老太婆共同觀賞。

看到一半時，老太婆突然很生氣地打了老爺爺一巴掌說：「夭壽澎風短命耶！這種東西能吃你為什麼不早跟我說！」

做愛四韻

跟老婆做愛——任誰都會感覺無奈。

跟情婦做愛——任誰都會愉快期待。

跟辣妹做愛——當心口袋的錢不在。

跟熟女做愛——好比參加拔河比賽。

餵母奶

某日，一個黑人媽媽正在餵母奶，旁邊坐著一位白人媽媽也剛好在餵母奶。

登時，黑人小孩竟然哭了——

黑人媽媽問他怎麼了，他說：「我不要老是喝巧克力口味的！」

逆向行駛

夫：「喂！老婆，剛剛電視新聞快報說，高速公路汐止路段有一部黑色轎車正逆向行駛，我推算妳現在正好路過那裡，為了我們的孩子，妳可要小心一點喲！」

妻：「豈止一部？我看到所有車都逆向行駛耶！」

丈夫等級

一等丈夫——家外有花。

二等丈夫——家外有家。

三等丈夫——四處偷花。

四等丈夫——準時回家。

五等丈夫——乞求老婆不要花。

六等丈夫——跪求老婆不要帶男人回家。

婚姻版權

一、婚前同居——新版。
二、新婚之夜——正版。
三、勾引人妻——盜版。
四、愛上寡婦——修訂版。
五、養小白臉——翻新版。
六、金屋藏嬌——珍藏版。

下棋時

某日，阿瓜和妹妹在客廳下象棋——

阿瓜的妹妹突然說：「媽可不可以吃冰？」

他媽在廚房回話說：「都要吃晚飯了！」

阿瓜再問了一次：「媽可不可以吃冰？」

於是，他媽媽便拿著菜刀衝出來說：「不行！吃完飯再吃！」

結果——

阿瓜的妹妹嚇哭了，哽咽地說：「馬到底可不可以吃兵？」

牽手

牽著老婆的手——好比右手摸右手。

牽著辣妹的手——彷彿回到十八九。

牽著女同學的手——後悔當初沒下手。
牽著女主管的手——感覺自己是小丑。

順D溜

少婦腿夾一條溝
溝旁野草一坨坨
不見魚兒水中游
卻見烏龜常洗頭

抱怨

參加朋友的婚宴後，夫妻兩人醉醺醺地到台北火車站，準備坐夜車回台南——

一向是民進黨死忠支持者的先生，突然抱怨說道：「幹！這樓梯怎麼走都走個沒完呢？哇咧——扶手還那麼低！真不曉得馬英九要把台北市搞成怎樣才會落選！」

一旁的妻子：「孩子的爸！你就別鬧了啦！那是鐵軌，快點爬上來啦！」

插一插

男：「小姐，後面借插一下好嗎？」

女：「先生，這不行啦！後面是我老公在插的，不如你去插前面這個洞好了！」

男：「喔！原來妳前面沒人插啊！謝謝啦！那我把車停那兒。」

猜一猜

已婚的中年富商：「我褲子裡有一樣東西，長約十七公分，頭超大的，妳看到一定會喜歡，請問是什麼東西？」

援交妹：「哎呀，你好色喲！」

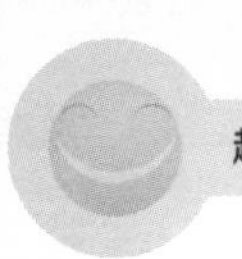

已婚的中年富商：「是千元大鈔啦！別又想歪了！」

愛護動物

小宇對媽媽說：「媽，我們一家人都超愛動物的。」
媽媽：「何以見得？」
小宇：「爺爺愛猴子，奶奶愛大象，媽媽愛變色龍，妹妹愛豬，哥哥愛老虎，我愛哆啦A夢。」
媽媽：「那你爸爸呢？」
小宇：「爸爸最特別了，他最愛狐狸精。」

非禮

秘書：「董事長夫人，我得告訴您一件事，董事長在昨天尾牙宴會之後，企圖非禮我！真的。」

董事長夫人：「欸，這沒有什麼好奇怪的啦，他只要多喝兩杯，便對世間的美醜都抱持無所謂的態度！」

遺物

女：「王大哥，我是你太太生前最要好的朋友，我想要一件她的遺物做為紀念，可以嗎？」

男：「當然可以。我就是她最好的遺物。」

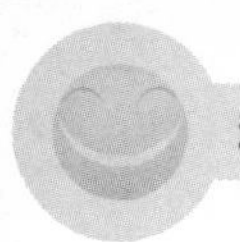

生

夫：「紅豆的小孩是誰？」

妻：「——」

夫：「南國！因為紅豆生南國。」

人妻

甲：「少婦是上品。」

乙：「自己的老婆是日常用品。」

丙：「別人的老婆是補品。」

丁：「那老處女呢？」

甲、乙、丙不約而同的回答：「是——紀念品。」

加油

有一天，一個孕婦去加油站加油。

打工的少年問她：「加多少？」

孕婦不假思索的說：「幫我加到它打嗝！」

少年愣了一下，很懷疑的把油槍放了下去加油。加了一會兒，那少年不懂到底要加多少，於是油就慢慢溢出來了，又過了一會兒，那少年終於受不了，就跟孕婦說：「妳的車吐奶已經吐很久了耶，還要再加嗎？」

魚水之歡

丈夫＝烏魚，總是不安於室。

老婆＝鹹魚，雖然放多久都不會壞，但難以大快朵頤。

情婦＝甲魚，黏得要命。

情郎＝鰻魚，會把妳電暈。

牛郎＝鱷魚，來者不拒，大小通吃。

妓女＝河豚，很想吃吃看，但深怕中毒。

老男人＝魷魚，總是軟趴趴的，根本站不起來。

老女人＝柴魚，太乾了。

朋友的老婆＝熱帶魚，就算多麼熱情、多麼潑辣，最好還是別吃。

朋友的丈夫＝紅龍，總讓人感覺身價非凡。

兩千萬

某寡婦遇搶——

她卻氣定神閒的告訴搶匪：「我老公死後什麼都沒有，只留下兩千萬給我！」

搶匪：「什麼？兩千萬啊！快拿出來！」

寡婦：「您誤解了，這兩千萬其實是——千萬要照顧小孩，千萬不要隨便跟人家上床。」

大牛比較懶

江湖上傳言，敏敏穆特爾會那樣死心塌地的愛著張無忌，其實別有所

圖——

話說，某日汝陽王在替敏敏穆特爾招親時，張無忌化名為「曾大牛」來攪局，在江湖豪傑盛大參與之下，敏敏不知哪位比較突出，該選誰時，媒婆竟然偷偷遞了一張紙條給她，告訴她千萬不要選「曾大牛」，原因是「大牛比較懶」。

然而，敏敏終究還是選了化名為「曾大牛」的張無忌。原因是——敏敏穆特爾把紙條看反了——曲解成「懶較比牛大」！

有心人

記者：「這位駕駛，請問您開車時最怕遇到什麼狀況？」

「我最怕遇到結婚車隊。」計程車司機：「欸，開車無難事，只怕有新人！」

處罰

一對夫妻問住在樓上的小強：「為什麼你們家經常發出像打撞球一樣乒乒乒乒乒的聲音，難道是因為你考試成績不好而被父母懲罰？」

「不是我挨揍，而是我哥哥小明啦！」小強澄清說道：「八十五分以下，女子單打；七十分以下，男子單打；六十分以下，男女混合雙打。我只負責鼓掌加油。」

見解不同

妻：「我們的婚姻生活，是兩個人精心協調出來的布局。」

夫：「不！是我們兩個人互相折磨出來的殘局！」

妻：「我們的婚姻生活，之所以能夠繼續走下去，是因為彼此都找到了平衡點。」

夫：「不！是我們兩個人在丟杯、摔碗、砲轟、冷戰、圓謊之後，因疲倦不堪、不想再跟這個世界爭辯了，所產生的結果。」

修理

女：「我女兒經常弄壞家電用品，幸好她老爸會修理。」

男：「我兒子也經常破壞家電，幸好他老媽會修理。」

女：「哇！你老婆也會修理東西啊？」

男：「不，她會修理兒子。」

八字箴言

婦人甲：「惡婆娘經營婚姻的八字箴言是什麼？」

婦人乙：「十惡不赦，百年好合。」

同學會

某日，舉行一場小學同學會。幾位昔日同窗開始炫燿老公對自己有多好——

萱萱：「我先生對我像『冰淇淋』般溺愛，常怕我家事做太多而融化了。」

婷婷也不甘示弱的表示：「我先生把我當『草莓』般呵護，他也絕不讓我幹粗活兒。」

這時，只有美美靜若寒蟬。

禁不起大家一再探詢，美美終於開口了：「我先生把我當成『烤鴨』般享受——他常把我大卸八塊，搞得不成人形。」

等待臨盆

婦產科候診室的長廊前，有兩個準爸爸不安地踱著方步。

其中較年長的那位準爸爸嘆氣說道：「真倒楣啊！生孩子也不挑個好時間，這事剛好碰到我帶員工出國度假期間呢！」

較年輕的那位準爸爸則說：「我比你更倒楣，我正和新婚妻子度蜜月哩！」

不孝順

夫：「誰最不孝順？」

妻：「——」

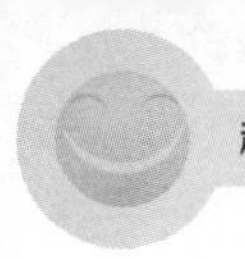

夫：「面速力！因為面速力打母（達姆）。」

抱妻子

有個男患者向某中醫師請教關於手腳冰冷的問題。

中醫師：「當我覺得手腳冰冷時，會想去抱抱我的妻子，於是就會熱起來，慢慢感到溫暖。」

男患者：「嗯，這倒是一個良方，那——請問尊夫人什麼時候比較方便抱呢？」

取經

妻：「牛魔王、李哪吒、唐三奘，這三人哪個是不孕症？」
夫：「——」
妻：「唐三奘！因為唐三奘要去西方取精（經）。」

不讓坐

在擁擠的火車上——
一個身懷六甲辛苦站著的婦女對她身旁坐著的一位身強體壯的猛男說：「喂！難道你沒看到我懷孕了嗎？」
猛男神情緊張的回答：「孩子不是我的！」

誰比較醜

一對夫妻在逛動物園——

當他們走到大猩猩的柵欄外，隨著眾人圍觀大猩猩時。

腦滿腸肥的丈夫說：「真奇怪耶，越醜的動物竟然越多人看。」

骨瘦如柴的妻子：「噓～小聲一點啦，大家都在看你！」

買母羊

某農場主人要到市場買頭母羊，帶著七歲大的兒子同行，準備讓他好好見習一番。

當他在選購母羊時，便雙手不斷撫摸母羊的乳頭，一面告訴身旁觀看的兒子：「買頭好母羊之前，切記，一定要先檢查牠的奶水多不多，就像這樣！」

經過一番挑選之後，他們買了一頭母羊回去。整個挑選母羊的過程，兒子感受十分深刻。

幾天後，當農場主人外出購物回來時，他的兒子急忙跑向他，氣喘如牛的說：「爸爸，爸爸，不好了！住在後山的大伯要來買媽媽了，他正在檢查媽媽的奶水。」

證實

久未碰面的阿牛與黑狗在街上巧遇——

「嗯——你結婚了是吧？」阿牛問。

黑狗訝異的問阿牛：「你是怎麼知道的？」

「看你的衣服熨得那麼挺拔就知道啦！」阿牛說：「你以前真是他媽的邋塌啊！」

「沒錯。」黑狗無奈的回答：「這是我太太叫我熨的。」

營養不良

一位婦人抱著一個骨瘦如柴的BABY到一間婦產科。醫生問婦人這

BABY是喝母奶還是牛奶，婦人說是喝母奶。

醫生：「那請妳把衣服脫下來。」

婦人：「啊！為什麼？」

醫生：「不用緊張，我不會惡意性侵犯妳的。」

婦人半信半疑的脫去上衣。醫生用他的左手在婦人的胸部上摸、下捏、左搓、右揉，然後對她說：「哼！難怪這BABY會營養不良，妳根本就欠缺母奶嘛！」

婦人：「廢話！我當然欠缺母奶；我還沒生過小孩耶；我是這孩子的小姑！」

比較愛

有一對雙胞胎在母親肚子裡閒聊——

弟弟：「哥，你覺得爸爸跟媽媽誰比較愛我們？」

哥哥答道：「當然是媽媽囉，她每天賜給我們水、食物和溫暖。是那樣的無微不至。」

弟弟：「我可不這麼認為耶！媽媽從未進來探望我們，但爸爸三不五時就會探頭進來。」

愧對

醫生對即將開刀的中年男子說：

「這手術有相當程度的風險，如果失敗，恐怕會造成你右半身麻痺。」

中年男子用手摸了摸自己的命根子。

醫生：「你幹嘛？」

中年男子：「我只是將它移到左邊而已。萬一失敗的話，我就愧對我的老婆了。」

贈禮

結婚十週年紀念日當天早上，妻子滿是欣喜地將尚在熟睡中的老公搖醒，甜蜜地說著：「我夢見你送我一棟位於天母的別墅，你說這代表什麼

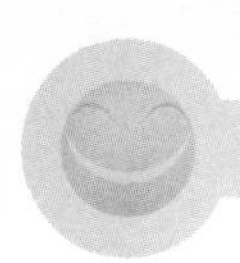

意思？」

老公睡眼惺忪，想了一會兒說：「我下班時妳就知道了。」

晚上，丈夫一進家門，馬上遞給妻子一份包裝精美的禮物——妻子興奮莫名地將禮物拆開——

「哇哩咧——夢的解析（書）！」

遷就

夫：「我研究出一招『抱先生增財法』。」

妻：「說來聽聽。」

夫：「太太是妻，妻即是財。所謂夫唱婦隨，想要財運多多的妳，一

定要善待自己的老公，也就是主動來抱我，而不是要求我去抱妳。因為，如果我去抱妳，是所謂『我去就財』，『就』有『遷就』的意思，而妳來抱我，是所謂『財來就我』，這才是本招獨到之處！」

同性戀代名詞

Gay：原意是「歡樂」之意，現為同性戀代稱。

蕾絲邊：英文Lesbian之譯音，即女同性戀者。

拉子：女同性戀之簡稱，即Lesbian縮寫Lez之譯音。

Gay吧：男同性戀酒吧。

T吧：女同性戀酒吧。

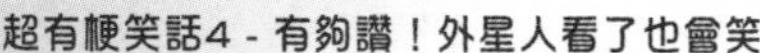

婆：指外表看起來較陰柔的女同性戀。

歐蕾：泛指超過三十歲以上的女同性戀。

熊族：指多毛的男同性戀。

妹子：指較女性化的男同性戀。

很man：代表很有男人味的同性戀。

金剛芭比：身材健壯但喜歡女性裝扮的男同性戀。

BF：即Boy Friend，男同性戀用來稱呼自己男伴之用。

直人：指男性異性戀者。

家有賤夫

老公老公不流淚，娶到老娘活受罪；
閒閒幫我搥搥背，外出看好小寶貝；
夜半十分無法睡，幫忙嬰兒牛奶餵；
做我老公要賢慧，家事樣樣我不會；
早早起床別喊累，充當司機和小妹；
桌面不可有菸灰，布鞋不可放屋內；
上班不可去幽會，小心老二被剪碎；
下班不可去買醉，否則打到你殘廢；
開銷都要報公費，每日行程要核對；
求婚誓言若違背，等著算盤讓你跪。

女人當家

晚餐後，父親和兒子一塊兒洗碗盤，母親和女兒則悠閒的在客廳看電視。

突然——廚房裡傳來打破杯子的響聲，然而，卻一片沉寂。

女兒望著母親說：「一定不是弟弟打破的。」

母親：「妳怎麼知道？」

女兒：「因為爸爸沒開口罵人。」

愛之謂

老師交代學生們的回家作業要以「文言文」造句，格式是「愛之謂……」、「愛之謂……」、「愛之謂……」接連三句。

小強不會，於是請媽媽代筆，結果竟然造出：

愛之謂——麵筋。

愛之謂——脆瓜。

愛之謂——菜心。

不放手

小強：「媽媽，如果一個女生主動抓男生的手，是不是表示她喜歡他呢？」

媽：「你問這幹嘛？難道你今天在學校被女生抓手手啦？」

小強：「嗯！我一直想甩掉她的手，她還一直抓，而且還說不要這樣啦！」

媽：「哇！現在的小女生也未免太主動了吧？那她是在什麼情形下抓你的手的？」

小強：「我想掀開她的裙子看她今天穿什麼顏色的內褲，結果她就抓住我的手不放了，難道她真的喜歡上我了嗎？」

婚禮

某教堂內正在舉行婚禮，教堂外則有三個調皮的孩童正在玩耍。

甲：「欸，無聊死了，你們想想看有沒有什麼好玩的啦？」
乙：「玩什麼好呢？」
丙：「有了！我們進去裡面和新郎新娘開開玩笑。」
甲：「開什麼玩笑？」
丙：「就是走到新郎面前，一起大聲叫他爸爸啊！」

站起來

「姑姑我問妳！為什麼每天早上醒來，我的小弟弟都會硬得站起來呢？」小強問。

姑姑：「那是一種正常的生理反應，每個男生早上醒來都會這樣啦！」

小強猶豫片刻，再問：「那為什麼爸爸晚上和媽媽上床睡覺前，又還沒睡醒，他的小弟弟也站起來呢？」

生態平衡

婚姻質量不滅定律：

一、醜男人總是討到美嬌娘。

二、壞女人總是嫁給好老公。

不領情

在某量販店裡，有個女人推了一台手推車，上面坐了一個小女孩，小女孩持續哭鬧個不停，只見那女人不斷小聲的唸道：「不要生氣了，萱萱，不要生氣啊，萱萱，求求妳千萬不要生氣了啦！」

這時，一旁的男店員不禁開口說道：「這位太太，妳還真有耐心耶！妳這樣不斷安撫她，可是妳女兒好像不怎麼領情嘛！」

「先生，不瞞您說，我才是萱萱呢！」女人答道。

最痛

妻子：「你應該聽過，醫學上把痛分為十等級吧！」

丈夫點點頭。

妻子：「第一級，是指被蚊子叮咬時的痛，而第十級呢？也就是最痛的那一級，其實——其實就是去年我生你兒子所歷經的那種痛苦啦！」

丈夫：「哼！我就不相信沒有屬於第十一級的痛！」

「有！應該有！」妻子：「那就是生產時——還倒楣的被蚊子叮到！」

展現風度

有一對新婚的基督教徒，閒聊中，提到對未來孩子的期許。最終兩人達成共識，都希望孩子是世上最禮貌、最謙讓、最有風度的人。

之後，妻子懷胎十月，已到了分娩時節，然而，孩子卻始終沒有辦法生出來。但夫妻倆還是決定耐心的等待下去——

時光以驚人的速度流逝而過，這一等，竟然等了六十年，後來，兩人終於決定施行剖腹生產。

醫生剖開肚子，兩人定睛一看：只見一對白髮蒼蒼的老太婆正在互相謙讓的說：「姊姊，您先請吧！」

「不不不！妹妹，還是妳先出去！」

不只一根

妹妹指著哥哥的胯下問：「哥，你這一根是什麼東西啦？為什麼我就

沒有？」

哥哥驕傲至極的說：「爸爸說，這一根只有男生才會有。哼！妳沒有，活該！」

於是，妹妹哭喪著臉向爸爸抱怨：「不公平！為什麼我沒有那一根？」

結果，一旁的媽媽就安慰她說：「乖乖，別哭了啦！等妳長大之後，想要有幾根就有幾根！」

訴苦

某日深夜，男主人接到一通陌生男人的來電——

「我恨透我的太太了！」

男主人告訴他：「你打錯電話了！」

但他好像沒聽見，自顧自的滔滔不絕地說下去：「我一天到晚照顧四個小孩，她還以為我沒事幹。有時候，我想約朋友打個小牌，她都不肯放行，自己卻天天晚上出去，說是為了應酬，誰會相信!?」

「對不起！」男主人打斷他的話：「我不認識你耶！」

「你當然不認識我！」陌生男子緊接著說：「這些話我會對親朋好友講而弄得滿城風雨嗎？現在我說出來了，至少舒服多了。幹！」

對方說完，掛了電話。

巧合

某宴會上，兩名喝得酩酊大醉的中年男子正用低沉而模糊的語氣交談著——

甲：「老兄，你看那邊有一位金髮碧眼、身材火辣的女人沒有？她是我內人，而坐在她身旁的那位黑頭髮、黃皮膚的東方美女，正是我的情婦呢！」

乙：「哇！那實在太巧了，我的情況正好與你相反。」

要錢

婷婷是個家住澎湖、來台北念書的大學生，天生愛亂花錢的她，很快又把錢花光了。於是她便寫信回澎湖向她生母借。

然而，她又想給她生母一個好印象，於是在信封背面寫道：「事實上，我多麼後悔給您寫這封信啊！我跟著郵差後面跑，想把這封信追回來，可惜力有未逮。」

結果，她生母在回信中寫道：「既然妳那樣渴望收回妳要錢的信，妳一定會很高興的知道——事實上，我也根本沒有收到那封要錢的信！」

陰影

女兒讀小一，某日又因圍棋習題屢教不會，而被她個性急躁的媽媽痛罵。

我在客廳看棒球轉播，聽到女兒被罵得悽慘，心想等一下女兒被罵完出來，要好好安慰她一下，免得她小小心靈留下被罵的陰影。

女兒被罵完，垮著一張臭臉走出書房，為了先明白她被痛罵後的感受，我便問她：「又被媽媽罵，妳有什麼感覺啊？」

只見女兒用哀怨的神情看著我說：「爸！你當初為什麼要娶她？」

大丈夫的信念

一、深信自己婚後一定能改變老婆的惡習。

二、如果還是無法改變，就繼續加強信念。

三、終究改變不了，那只好——改變信念。

不准最好

女職員：「老闆，家裡剛打電話來，我得要請假。」

老闆：「公司正忙，請什麼假啊？」

女職員：「我老公說一大群親戚晚上要來我家，叫我回家打掃。」

老闆：「不准！」

女職員：「謝謝！謝謝老闆！」

請客

男主人對越南女傭說：「明天下午，有客人會來我們家吃飯。看妳能做些什麼特別的菜請他們吃。」

女傭：「好的，先生。那您是要客人吃了還想吃呢？還是希望他們永遠不再來吃？」

愚蠢的決定

阿雅鄭重其事地對阿珍說：「妳拒絕了阿淦，算是犯了一個愚蠢的決定——如今，別怪我，他和我結婚了。」

阿珍：「一點也不奇怪啊！當我拒絕他時，他就說自己會痛苦一輩子，甚至做出一些愚蠢至極的事！」

不能結婚

妻子和丈夫大吵一架之後，氣憤地說：「當初，我如果隨便找一個魔鬼嫁，也比嫁給你強！」

「你嫁不了魔鬼的！」丈夫立即回答：「因為，近親不能結婚。」

浪費

一位白種中年婦女，某日擦窗戶時不小心跌至窗外的垃圾桶中，這時正好有個黑種中年男人

經過。

他看見這名雙腳裸露於外的白種中年婦女，不禁嘆了一口氣說：「欸，白種男人真浪費啊！這女人至少還可以用個五年、十年再扔嘛！真是太可惜了。」

夫妻定律

有個老公愛花錢，就會有個老婆會賺錢。
有個老婆端拖鞋，就會有個老公會出軌。
有個老公倒茶水，就會有個老婆會掌嘴。

煩惱

婦人甲：「怎麼了？妳怎麼滿面愁容？」

婦人乙：「我感到非常痛苦，我丈夫整個晚上都不在，而我根本不清楚他現在在哪兒。」

「這種事情不該讓妳焦急不安的！」婦人甲面帶微笑地回答：「要是妳知道他現在在哪裡，一定會更痛苦難耐。」

推薦

身材瘦小、容貌像憨三的阿猴，去應徵富裕人家的警衛工作——

管家打量他一會兒，坦承不諱地對他說：「我們需要一位身材魁梧、

目光炯炯有神、能以小人之心度君子之腹的傢伙。這個人，當然要有雄赳赳的體態、殺氣騰騰的特質，機靈、易怒、一絲不苟，而且能在一瞬間馬上變成惡魔般的人物。很顯然，這些條件閣下都不具備耶！」

阿猴聽了，點點頭說道：「我明白了。不過，請容許我向您推薦一位完全符合上述需求的人。」

管家問：「誰？」

阿猴正襟危坐的說：「我老婆！」

要領

一位已婚婦人學打桌球，但老是打得不好，教練委實感到心灰意冷。

最後，教練只好使出殺手鐧：「好吧！別認為自己正在打乒乓球，請妳想像平時是怎樣握妳老公那傢伙的。這樣，或許妳就會打得比較好一點。」

果不其然，那婦人立即來個底線抽球。

哇！天啊！教練也追趕不及了！

過了一會兒，教練說：「很好，妳顯然已經懂得要領了，現在可以不必用嘴含了吧？試著用手握拍打打看！」

各懷鬼胎

有一名台商，長年在大陸工作，台灣的妻子一直懷疑他在外偷吃，因為每當這名台商返國，總愛在黑漆漆的房間內做那檔事，而且顯得力不從

心。

有一天晚上，當丈夫又和她那個時，她基於狐疑心理，便突然開了燈，卻驚見丈夫手上正拿著一條假陽具。

「你！你居然用那東西和我做愛五年？」妻子大叫。

台商：「老婆，聽我解釋——」

「你這大變態、性無能，只會幹一些卑鄙小人的事！」

妻子還沒說完，台商連忙打斷她的話：「說到卑鄙小人，我還沒發飆呢！這五年來，我們那兩個孩子，妳究竟是怎樣搞來的？」

歸屬問題

有一對從事飲料販售業的夫妻，由於感情日久生厭，遂決定走上離婚一途。然而，他們卻為孩子的歸屬權問題爭論不休——

妻子：「孩子是我十月懷胎、辛辛苦苦才生出來的，這孩子自當屬於我的！」

「去妳的！」丈夫：「我們每天接觸自動販賣機，難道連這麼簡單的道理妳都不懂嗎？如果我投20元硬幣進去，掉下了一瓶咖啡，那這瓶飲料是我的還是自動販賣機的？」

妻子：「我咧@#$%&——」

身分

黃先生經常抱怨妻子在床上的表現不夠狂野——

黃太太：「你要搞清楚，你娶的是一個賢淑的老婆，而不是一個浪蕩的妓女耶！」

某夜臨睡時，黃太太驚覺陽台有怪聲音發出，於是就叫黃先生前去查看。

黃先生一聽，搖搖頭表示：「妳為什麼不自己去？妳要搞清楚，妳嫁的是一個平實的老公，而不是一個好勇緝凶的警察耶！」

生鏽了

有一對金髮夫婦，竟然生了一個褐髮的小孩──

人妻不解的跑去問醫生：「醫生，我們夫婦倆都是金髮的，而我又沒有跟別人亂搞，怎麼可能會生出一個褐髮的小孩呢？」

醫生：「嗯，基本上這是不大可能發生的事。對了，在此之前，你們多久做愛一次？」

人妻：「大約兩三個月一次吧！」

醫生：「喔，那就對了，這顏色可能是生鏽所造成的！」

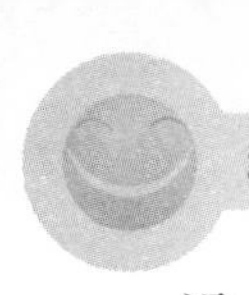

哭不停

在火車上。阿珠抱著自己的小嬰兒，經過一對年輕夫妻面前。年輕妻子瞪了小孩一眼，小聲地對先生說：「哎唷喂呀！我長這麼大從來沒看過這麼醜的小孩耶！」

雖是輕聲細語，然而這話卻被阿珠給聽到了，她難過至極，找到座位坐下來之後，就抱著小孩哭了起來。

火車經過下一站，有一位阿嬤上了車，她看見阿珠獨自啜泣，就好心地上前勸說：「小姐，妳怎麼了啦？是不是有人欺負妳？」

阿珠仍不停地哭泣。那位阿嬤一時不知所措，只好從自己的背包裡拿出兩根香蕉，露出極度關愛的眼神對她說：「小姐，妳不要哭了啦！來！這裡有兩根香蕉，一根給妳吃，一根給妳抱的猴子吃。」

鬼丈夫

七點回家——是懶鬼。

零點回家——是醉鬼。

夜不歸戶——是色鬼。

整天在家——是死鬼。

不能嫁的男人

一、計程車駕駛——「坐上去」就得付費。

二、送報生——一到「門口」就丟。

三、收水、電費的——「兩個月」才來那麼一

次。

愛情的墳墓

夫：「如果婚姻是愛情的墳墓，那麼，一年一次的結婚週年慶，豈不就是在掃墓了？」

妻：「胡說！你不覺得這世上還是有一些模範夫妻，因為永遠恩愛而令人稱羨！」

夫：「羨慕個鬼啦！那些所謂的模範夫妻，其實不過如同示範公墓罷了！」

婚姻銷售學

因戀愛而結婚——是「直銷」。

因相親而結婚——是「經銷」。

花大錢而結婚——是「圍標」。

硬拗

小陳對他岳母說：「妳女兒好懶，什麼家事都不做！」

岳母聽了十分火大：「你回去警告她，如果她那千金大小姐的性子再不改的話，我就叫你岳父完全取消她的財產繼承權！」

小陳一聽，急忙改口：「對不起，我剛剛是在胡說八道，妳女兒一點

也不懶。她身體虛弱，家事應該全部由我去做才對。」

調查報告

有個商人一直懷疑太太有外遇，所以委託徵信社展開調查。不久，徵信人員回報：

「先生，我們的調查已經有初步的結果了。一個是好消息，一個是壞消息——」

商人：「先說好消息來聽？」

徵信人員：「你老婆沒跟男人亂搞！」

商人：「那壞消息呢？」

徵信人員：「她和一個行為舉止很像男人的女人在外同居。」

婚變

阿花：「如果婚姻真是戀愛的墳墓，那麼，婚變當中的第三者，又算是什麼？」

阿草：「盜墓者！」

測試

一架客機剛抵達高雄機場，機上空服員立刻將一個可疑的罐子交給航

警人員。

某航警人員打開一看，發現是粉狀物質，便把手伸進去沾了一點，放在自己的舌尖測試。

「咦？這不知道是什麼東西？應該不是毒品，但也不是糖！」

正當航警人員不解之際，一位老先生慌慌張張的跑了過來，旋即搶走那個罐子說：「夭壽喔！我老婆的骨灰你們也敢吃！」

饅頭

阿花因胸小而嫁不出去。

在一次相親活動中，她向男方表明：「我的胸部真的很小，你嫌棄

嗎？」

那男人問：「女人的胸部我見多了，再怎麼小也該有饅頭大吧？」

阿花點頭確切不移地說：「有！」

結婚那天，男的卻突然衝出洞房，並且當眾跪地驚呼：「我的老天爺啊！原來那是——旺仔小饅頭！」

我的家庭

胖虎在作文簿上寫道：「我家有爸爸、媽媽、我和弟弟四個人，每天一早，我們四人一起出門，然後，道不同不相為謀，各走各的陽關道或獨木橋，直到晚上才又殊途同歸。」

「我爸爸是剪票員，每天在火車站裡來者不拒；我媽媽是個舞蹈老師，每天在才藝教室內比手畫腳；我是個過動兒，喜歡在校園內東奔西跑；弟弟是個大班學生，每天在課堂上呆若木雞。」

「我家裡的四個成員，可說臭味相投，還算相處融洽。不過，當我月考成績不理想的時候，爸爸還是會心狠手辣地狠揍我，直到我五體投地，而弟弟偶爾也會跟著同室操戈，倒是媽媽總是袖手旁觀，我要感謝她不會火上加油，儘管她也不曾見義勇為。」

永不絕望

有個婦人在生了一對雙胞胎男孩後，不停地求註生娘娘，企盼下一胎

是個女孩，結果——她下胎仍是男孩。

這婦人不死心，仍繼續去祈求，希望下一胎生女孩，結果——又生了男孩。

這婦人依然不絕望，她仍然虔誠的繼續去祈求，結果——下一胎還是個男的。

最終，這婦人受不了了，就對丈夫說：「我決定了——」

她先生：「決定怎樣？」

婦人：「我要換間廟繼續祈求！」

叫媽媽

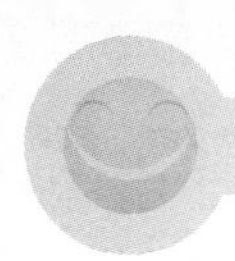

話說一對中年夫婦，業經多年奮戰，終於一舉得男。

在小孩一歲大的時候，老婆發現老公經常很用心的教導孩子：「叫媽媽！叫媽媽！」

這個做老婆的大受感動，認為老公真好，先教孩子叫媽媽，而不是先叫爸爸，頓時覺得自己很幸福。

然而，就在一個寒冷冬夜，孩子突然哭鬧不休，一直叫媽媽，當時夫妻倆睡的正甜，老公就推了推老婆說：「妳兒子一直在叫妳，妳還不趕快去？」

霎時，老婆才突然頓悟：「原來如此。」

壽命

有工作的男人通常比沒工作的男人長壽。但是，結了婚的男人卻通常都想早死。

爭吵

一對常因床第問題而爭吵的夫妻，某日又槓上了——

先生憤怒的對妻子說：「以後妳如果死了，我一定要在妳的墓碑上寫下：這裡躺著一個全世界最冷感的女人。」

妻子聽了很不爽，但卻不疾不徐的說：「是嗎？那你以後如果死了，我就會在你的墓碑上刻下：這個可憐的男人總算硬了！」

移民

正在看電視新聞的先生放下遙控器，冷不防看著妻子說：「原來，南非的女人每次做完愛之後，都會給男的二十塊錢耶——這麼好！妳如果再嘮叨的話，我明年就要移民去南非！」

妻子：「那我也去！」

先生：「妳去幹嘛啊？」

妻子：「去看看你一個月只賺六十塊怎麼生存？」

失業

女人一直擔心未來會失業，直到她找到老公為止；男人從不擔心未來會失業，直到他找到老婆為止。

求婚

七歲的婷婷端莊可愛，時常被班上的小男生求婚。

某日，婷婷回家後跟爸爸說：「爹地！今天小志跟我求婚，要我嫁給他耶！」

爸爸漫不經心的回應：「他有固定工作嗎？」

婷婷想了想說：「有！他是我們班負責收作業本的。」

讚美

由於缺錢買不起轎車，就讀小三的小芬，每次上才藝班都是由母親騎機車親自接送的。某日，她母親突然聽到坐在後座的女兒說：「媽，妳內向嫻淑喔！」

從未被女兒如此讚美過的母親，一陣溫暖與甜蜜不禁湧上心田。

「嗯！好樣的！我還想再聽一次！」母親於是又問：「女兒，妳剛剛說什麼？說大聲點沒關係！最好讓左鄰右舍都聽到——」

小芬：「媽！妳逆向行駛啦！」

錯別字

老王在大陸經商，只有逢年過節才會返台與家人同聚，於是，兒子小強的教養之責，便由王太太一手打理。然而，王太太來自越南，中文程度頗差，在督導小強功課方面的表現，當然不好。

某日，老王偷看小強的日記，從中發現了不少令人好氣又好笑的錯別字，較為經典的句子茲列舉如下：

一、媽媽始終認為我是個品學兼「憂」的好孩子。

二、我的數學女老師留短髮，個子瘦小，脾氣很怪，有那麼一點點「胸」。

越來越笨

有對夫婦帶著頑皮的小女兒到避暑勝地度假。一家三口在海灘上舒閒地享受著日光浴。不久，爸爸起身去散步，女兒則四處奔跑，回來劈頭就對媽媽說：「媽咪，我看到許多女生的咪咪都比妳大耶！」

「哼！咪咪越大的女生，表示她們越笨！」

不一會兒，女兒又跑回來說：「媽咪，我看到好多好多男生的鳥鳥都比爸爸的大耶！」

「哼！鳥鳥越大的男生，表示他們越笨。」

又過了一會兒，女兒又跑回來，上氣不接下氣的說：「媽咪，在那個大岩石的後面，我看到爹地和一個我所見過最笨的女生偷偷抱在一起喔！而且，爸爸越抱就變得越笨耶！」

成功

成功的男人——就是能賺比老婆花費還多的人。
成功的女人——就是能找到如上述那般的男人。

所為何用

阿花：「喂，男人跟女人結婚有何用？」
阿珠：「有個鳥用。」
阿花：「那男人又為什麼要離婚呢？」
阿珠：「因為不想幹了。」

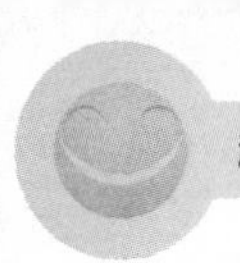

吃驚

有個斷腿男，決定在結婚當天的洞房花燭夜，告訴眼盲的妻子自己斷腿的事實。

「待會兒有一件教妳吃驚的事，請妳千萬不要害怕。」斷腿男說完，就將妻子的手引領到自己拆掉義肢的大腿上。

登時，妻子說話了：「哇！天啊！你這根的確讓我大吃一驚，不過，沒關係啦！我的嘴巴夠大，那地方也應該挺得住才對！來吧！」

禿頭男子

據信，禿頭的中年男人大致可分為三類：

一、前禿——主要是因為先生的那話兒有過人之處，老婆因無法消受，常用雙手猛推其前額試圖阻止並狂叫：「不要、不要、我不要」所造成的結果。

二、中禿——主要是因為性行為力道恰到好處，老婆十分滿意先生的表現，因長期撫摸中腦並叫：「好、好、幹得好」所造成的結果。

三、後禿——主要是因為不能滿足老婆性需求，老婆時常猛抓其後腦大叫：「我要、我要、我還要」所造成的結果。

跪求

父親：「女兒啊！我們做人一定要有骨氣，妳怎麼只是為了借個電動

玩具，就跪下來求小胖呢？」

女兒：「有什麼關係？明天，相信他就會跪下來求我還他了！」

力有未逮

先生在公園裡餵食鴿子時，太太突然走了過來，以生氣的口吻責備他說：「你好浪費喔！亂扔糧食！對岸中國大陸還有許許多多的同胞正處在挨餓狀態，你知不知道？」

只見，先生瞪了太太一眼：「抱歉，我沒辦法扔那麼遠！」

臉

男人的臉——是他事業的履歷表。

女人的臉——是她事業的損益表。

遙控汽車

來自單親家庭的子祥，在看遍一家又一家的遙控汽車專賣店之後，突然眼睛雪亮的指著最貴的那一部說：「啊！就是這台！媽啊！我要買這台！」

看到如此驚人的價格，媽媽不禁眉頭一皺地說：「不好啦，媽媽得工作一個多月才能買下它耶！」

子祥：「啊！沒關係！媽我可以等！」

偷情

地點：非洲大草原。

角色：一頭幹勁十足的雄獅和一隻溫柔婉約的母羊。

關係：母羊是雄獅的情婦。

劇情：雄獅正想和母羊嘿咻，忽然間，牠發現家裡的那頭母獅正從草叢中慢慢走了過來——

結果：「快！」雄獅急忙吼道：「假裝我正要吃妳！妳快跑給我追！」

不想錯過

某日，有對年輕男女步上禮堂。

婚禮完畢後，新郎新娘愉悅地進入洞房。然而，新娘卻遲遲的不肯爬到床上來，反而拉著化妝椅，清純般的倚窗而坐，似乎正沉醉於滿天星斗。

新郎終於不耐煩的叫她：「妳還不上床啊？」

新娘：「晚點。晚點。我曾聽一位作家說，新婚之夜是人生中最美的時刻，所以，我每一分每一秒都不想錯過。」

新郎：「嗚——哪個神經病作家！」

盡忠職守

老王半夜尿急，急忙衝進洗手間——

他一邊上廁所一邊喃喃自語：「老二啊！年輕時你那樣意氣風發，不斷衝鋒陷陣，現在年紀大就不行了，這我都能體諒——可是，你總不能連尿尿這種該盡忠職守的事都懶得做吧？」

登時，被老王吵醒的王太太睡眼惺忪的站在廁所門外說：「老王！這麼晚了，你還在跟誰說話啊？」

老王一回神：「沒有啦！是跟一個

早被妳忘得一乾二淨的傢伙說話啦！」

論D交

一群已婚男人在討論口交趣事——

老黃說：「我老婆幫我口交到已經有酒窩了耶！」

老李說：「不稀奇，我老婆幫我口交到已經長喉結了！」

老陳插嘴說道：「基本上，我一直是把妻子的食道當陰道用！」

大頭兵

當兵兩年不算累，只怕老婆陪人睡。

老婆在爽我在累，身陷海軍陸戰隊。

失控

在一處人煙稀少的道路上，一個男的正對一個女的吼叫著：

「喂！查某！妳看哪裡？告訴妳多少遍了，眼睛要看前面，不要只看下面，怎麼又插歪了呢？」

「插這麼歪，不是剛剛才教過，怎麼妳又忘了？」

「妳的手在摸哪裡？那一根！那一根啦！快點握好！」

「欸！我有教妳往前推嗎？向後！向後啦！」

「妳的腳幹嘛抖得這麼厲害，還把左腳抬那麼高？笑？就只會發出淫笑？」

「想學會開車就要專心一點！還好我是妳老公，如果換成汽車教練場的教練，準會被妳氣死！」

錯誤示範

龜兒子：「老爸啊？什麼是嘿咻？」

龜爸：「這個嘛——好！來！我示範給你看。」

龜爸就帶著龜兒子進入洞穴指著躺在床上的龜媽說：「你看到媽媽的那個洞沒有？看好喔！」

於是，龜爸旋即跳上床開始和龜媽嘿咻了。

這時，龜兒子的妹妹也跑進洞穴來。「哥？爸跟媽在做什麼？」

龜兒子：「他們正在嘿咻！」

龜兒子的妹妹：「什麼是嘿咻？」

龜兒子：「妳看到爸的洞沒有？看好喔！」

結果，龜兒子就跳上床往龜爸的洞——

女殺手

某日，一位富商參加一場高爾夫球賽。開賽後，富商與一位陌生女子同組競技。比著比著，兩人就閒聊起來。

當兩人聊到彼此的職業時，富商不假思索，透露了自己的身分與地位。那女子也坦承不諱的說出自己是一名職業女殺手。

「不信的話，我那球袋裡還擺著我從不離身的賺錢工具呢！」

說完，女殺手見四下無人，就從球袋中將來福槍與望遠鏡取出，並讓富商把玩。富商玩著玩著，將望遠鏡朝向位於球場旁的自己的別墅望去。這一望，不得了，他赫然發現自己年輕火辣的妻子正一絲不掛的躺在草坪上，而走近她身邊的男子，竟是他所聘僱的那位身強體壯的私人保鑣。

富商一怒之下，就請女殺手當場轟掉這一對狗男女。

女殺手點點頭：「沒問題，但是一顆子彈需花費你八萬美金。」

富商當場拿出空白支票，並要求女殺手立刻動手。

殺手準備妥當後說：「你我同組競技，也算挺有緣的，這樣吧，我讓

你選擇該射向他們身體的什麼部位。」

富商想了想說：「這女人的嘴，能勾、能逗、能弔胃口，我看子彈就轟進她的嘴裡吧！至於那個雜種，竟敢搞我的老婆，當然要把他的命根子也打掉！」

於是，女殺手當場架好來福槍和望遠鏡，開始瞄準。然而，過了很久，那女殺手卻始終沒扣板機。

「快點幹掉他們！」富商等得不耐煩了。

女殺手：「噓！別急別急！我正試著替你省下八萬美金呢！」

秘密

阿花和阿淦當年結婚的時候，新婚之夜，阿淦放了一個藏寶箱在他們的床下，並要求阿花發誓，絕對不能偷看藏寶箱裡到底裝了些什麼東西。

轉眼，四十多年過去了，阿花也就那樣信守承諾，從未看過一次藏寶箱裡到底裝了什麼東西。

然而，就在他們結婚四十五週年的前一晚，阿花再也忍不住好奇心，就把床下的紙盒打開。

只見藏寶箱裡放了五個橡皮擦，另外還有九十幾個十塊錢的銅板。

隔天晚上，他們到一家高級旅館慶祝他們結婚四十五週年慶。

阿花就跟阿淦坦承：「對不起，過去四十五年來我一直信守諾言，沒有看我們床底下的那個藏寶箱，可是昨天我實在壓抑不住好奇心，便打開

看了。不過，既然我都已經看了，你可不可以告訴我，那五個橡皮擦到底是什麼意思？」

阿淦沉默半晌，就說：「欸，這麼多年了，我想妳應該也有權利知道這回事了。每次，當我背著妳在外面嫖妓，就會放一個橡皮擦到藏寶箱裡，提醒我自己下次不要再犯同樣的錯誤。」

阿花一聽，當然十分震驚，臉色也為之一沉，就說：「我早就懷疑你每次說要去朋友家打牌，其實不然。」

生了約半個小時的悶氣之後，阿花就說：「早知道你沉迷性愛遊戲，不過依你的情況，四十五年來也不過偷腥五次，算是夠乖的了，算了算了，我不跟你計較。」

於是，阿花和阿淦相互擁抱，言歸於好。

但過了一會兒，阿花突然想起，就問阿淦說：「那藏寶箱裡怎麼又會有九十幾個十塊錢的銅板呢？」

阿淦點了一根菸後說：

「每次，當藏寶箱裡裝滿了橡皮擦的時候，我就會拿到附近的幼稚園變賣，二十個橡皮擦只賣十元，那些幼稚園老師當然搶著要，於是弄回了這些現金。」

床上功夫

有一個專事官商勾結的立委，聘請了一堆管家、幕僚、司機、助理等。立委的老婆，一直懷疑丈夫和美麗性感的女助理有染，拼命找機會想

把她給fire掉。

終於有一天，女主人趁丈夫出國考察時，把女助理叫到面前來，嫌她報告做得不夠好，要她立刻走路。

女助理不服氣地表示：「立委說，我至少比妳好看N倍，在交際應酬時才帶得出場！妳敢把我辭掉試看看！」

儘管女主人妒火中燒，為了丈夫的事業，只好說：「算妳狠，妳可以下去了！」

當女助理走到大門口時，猛地回過頭來冒出一句：「報告太太，我的床上功夫也比妳好太多了！」

頓時，立委的老婆不禁憤怒地拍桌吶喊：「賤貨！這也是我先生說的嗎？」

「不！」女助理答道：「是司機老黃、管家小蔡、幕僚丁教授，不約

而同對我說的！」

懼內

某公司主管十分懼內，他很好奇底下員工是不是也都如此，有一天，他集合公司所有已婚男士，當眾問道：「你覺得自己是屬於怕太太的人，請站到我的右手邊，覺得自己是不怕太太的人，請站到我的左手邊。」

話一說完，立即引起一陣騷動，眾人皆往右邊站去，只有一個人站到左邊，還有兩個人則站在原地不動。

公司主管首先問第一個站在原地不動的人：「你為什麼站著不動呢？」

這人回答：「我太太交代過，公司內若搞派系，絕對要保持中立，哪一邊都不要參加，以免被牽連，所以我必須站在原地。」

公司主管再問第二個站在原地不動的人：「你為什麼也站著不動？」

那人回答：「我太太說，凡事不可擅自作主，一定要先問過太太後再下定奪！」

登時，眾人皆以敬佩的眼光投向那位獨自站在左邊的同事，並請他發表感言。

只見，他手指右側，畏畏縮縮地說道：「我太太囑咐過我，人多的地方一定是非多，千萬不可盲從。」

永遠愛你

有個囚犯幸運逃出了關了他二十年的監獄。

越獄之後的他，順利闖入了一間民宅，正巧看到一對年輕夫婦躺在沙發上準備做愛。

於是，他就把那位丈夫綁在電腦桌前，把太太綁在沙發上，並且親吻了那太太的耳朵，接著走進了廁所。

當那逃犯在廁所的時候，丈夫隨即跟他太太說：「這男的顯然是個囚犯，看看他的穿著就知道他可能被關很久，應該很久沒碰過女人了，所以，如果他想要和妳做愛，妳千萬要順從，不要抗拒，讓他爽一次沒關係啦！畢竟，這傢伙是危險人物，如果讓他生氣的話，說不定我們都會被宰掉——總之，堅強一點，親愛的，我永遠愛妳！」

這時，他太太說話了：「我很高興你做如是想，沒錯，他是很久沒碰女人了，但他剛剛不是在親我耳朵，而是跟我說你長得很性感，要求我讓他玩個痛快，他還問我廁所裡有沒有放潤滑液——堅強一點，親愛的，我永遠愛你！」

連帶關係

某富婆新雇一名女傭。

富婆：「妳在這裡工作，最要緊的是服從命令，我叫妳做什麼就做什麼，不叫妳做的妳就不要做，知道嗎？」

過一會兒，富婆吩咐開飯，女傭就走進廚房端了一碗飯上來，然後站

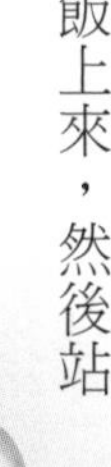

在一旁一動也不動。

富婆：「菜呢？」

女傭：「您沒有下命令上菜啊？」

「妳的腦筋怎麼那麼死呢？菜和飯是有連帶關係的，妳見過誰吃飯不配菜的嗎？」富婆進而提示女傭：「比方說，我想泡個澡，那麼香皂啊，毛巾啊，這些有連帶關係的東西都要跟著準備好，不必我另行吩咐，懂了嗎？」

「是。」女傭點頭示意。

某日，富婆上吐下瀉，腸胃很不舒服，便命令女傭立即去請醫生來。但過了好幾個時辰，女傭才上氣不接下氣地跑回來說：「夫人，除了醫生

之外，另一些有連帶關係的人，我也都請到了！」

富婆：「什麼連帶關係的人？」

「護士啊、警察啊、道士啊、儐儀館人員啊、棺材店老闆啊……他們通通都在大門外恭候了。」

管家的辛勞

有個男人經常跟同事抱怨說他太太沒上班賺錢，每天只不過在家裡陪陪四個小孩，

就一副累得要死的樣子。

某日，他太太生病住院，他便決定好好表現給太太看——「管家」是件多麼簡單容易的事。於是，他拿出紙和筆，將一整天帶小孩所發生的事，全都鉅細靡遺地記錄下來：

為小孩倒開水、拿飲料、餵奶——22次。

為小孩子開門、關門——41次。

為小孩脫鞋、穿鞋——15次。

回答小孩大大小小的問題——88次。

大叫「別吵了！」——16次。

仲裁兒女之間的吵架事件——7次。

追小孩——大約跑了三公里。

發脾氣——11次。

接電話——14次。

第二天，這位先生要去醫院接太太回家前，想了想，覺得不妙，最後還是決定將此份資料徹底燒毀。

求親

有一位富商非常勢利眼。他只有一個寶貝女兒，所以總認為必須有錢人才夠格娶他的千金為妻。

某日，有三名男子同時登門求親，這個勢利眼的富商當然免不了要盤問一下他們的身價。

甲：「我目前擁有兩百張友達的股票。」

老翁覺得還可以，但不知道後面那兩個會不會更有身價，於是繼續聆聽下一位的說詞。

乙：「我有五棟位於台北市東區的房子，而且是一家正準備上櫃的公司負責人。」

「嗯。」富商心想，這個比上一個還好，但也很想看看第三位是否會更有錢。

丙靦腆地說：「我是個老實的公務員，目前已離婚，有一個小孩，存款兩萬多元。」

富商聽了勃然大怒：「媽的！你都已經有小孩，還想娶我女兒。來人啊！把他轟出去！」

丙急忙說道：「可是，那小孩如今在令嬡的肚子裡呀！」

富商：「哇哩咧！」

可怕人妻

有一對夫妻在馬路上飆車，結果被交通警察攔了下來。

人妻：「有什麼問題嗎？」

警察：「妳的車超速，都開到時速一百五了妳知不知道？這段路頂多只能開八十公里而已！」

人妻解釋說道：「警察先生，沒有那麼快啦——我只開七十。」

豈料，坐在一旁的先生卻說：「老婆！妳剛剛明明開到一百六說。」

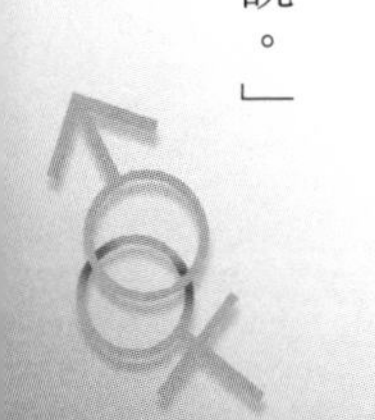

人妻聽了，惡狠狠的瞪了自己的先生一眼。

「還有，妳的第一煞車燈也壞了，這個部分也要開罰單！」交通警察進一步說。

人妻：「第一煞車燈壞了？不會吧？在這之前我根本不知道它壞了。」

「老婆，我明明在上個禮拜就提醒過妳了耶！」她先生在旁補充說道。

人妻聽了，又是狠狠地瞪了老公一眼。

交通警察緊接著問：「還有——妳因為沒有繫安全帶，所以必須再接這第三張罰單！」

人妻極力辯解：「不！情況絕非如此！是因為你把我攔截下來，我剛

剛靠邊停車，停好之後才將安全帶解開的！」

「老婆，妳開車從不繫安全帶的，不是嗎？」她先生再度插嘴說道。

「哇咧——」這時，人妻終於對自己的老公開罵了：「還不給我閉嘴！」

於是，警察就好奇地問：「這位先生，你老婆平時都用這種態度對你講話嗎？」

「不會啊！她平時對我溫柔備至，而只有在喝醉酒的時候，她才敢像現在一樣對我大小聲。」

「喔！原來如此。」正當交通警察準備對她做酒精測試之際，突然有一輛車開了過來，且將車窗搖下。

一位老太太探出頭來說：「我說媳婦啊！都跟妳說偷來的車是跑不遠

的，妳現在總該相信了吧？」

亂倫始末

阿草是父母眼中的心肝寶貝，但年過四十仍未娶妻。終於，在某次婚友聯誼社團活動中，他認識了一個外型姣好、個性乖絕的女子——阿花。

兩人彼此來電，就這樣持續交往了好幾個月。

某日，阿花決定去見阿草的父母，於是盛裝打扮來到阿草的家。

阿草的爸爸相當重視這次阿花的來訪，阿草的媽媽更是迫不及待地親自下廚準備豐盛的晚餐。

在那空檔，阿花、阿草以及阿草的爸爸坐在客廳沙發上閒聊，阿草的

父親則有意無意地詢問阿花的家世和背景。

吃過晚餐後，阿草的媽媽與阿花繼續閒話家常，阿草的爸爸卻突然把阿草叫進書房，並且老淚縱橫地對他說：「阿草！我知道你很喜歡阿花，只可惜——你萬萬不能娶她！」

「為什麼？我好不容易才遇到這樣一個可以論及婚嫁的對象耶！還有——我都跟她發生肉體關係了。」

「哇咧！寃孽啊！」阿草的爸爸沉痛說道：「我剛才跟她聊過之後才知道，原來，原來她是你失散多年、同父異母的妹妹啊！」

阿草一聽，宛若晴天霹靂，整個人都傻了。阿草的爸爸則不忘再三叮嚀他，千萬不可將此事告訴他媽媽，否則自己必死無疑。

之後，阿草神情低落的走出書房，他媽媽看了十分詫異，於是又把他拉進書房，問：「乖兒子，你怎麼傷心成這樣？究竟發生什麼事了？」

阿草起初不肯講，但最後拗不過媽媽的盤問，只好一五一十地將他父親所說的話全部告訴了母親。

他媽聽完之後，竟然邊拍著阿草的肩膀邊竊笑。

阿草：「媽！妳少機車了，現在竟然還笑得出來？」

「傻孩子！你大可安心的跟阿花結婚。沒關係！」

「亂倫耶！媽媽！」

「沒有。我敢發誓沒有亂倫這回事。」阿草的媽媽隨即在他耳邊輕聲說：「我偷偷告訴你喔！其實——其實你也不是你爸爸的親骨肉。」

投胎轉世

阿花、阿莉、阿華是三個很要好的中年熟女。

某日，當她們鶯鶯燕燕閒聊時，突然討論到了「來生投胎之後最想變成什麼」的話題。

首先，阿花說了：「我想當一朵花！」

阿莉和阿華就很驚奇的問阿花為什麼？

阿花說：「讓世上的男人都可以來聞我！」

頓時，三個中年熟女也就笑成一團。

阿莉緊接著說了：「那我投胎之後最想當一支冰棒！」

阿花想了一下說：「哦，我猜到了，妳是想讓男人們來舔妳囉！」

頓時，三個中年熟女又笑成一團。

輪到阿華說了，她想了很久，終於怯羞羞的表示：「我想當一輛救護車！」

「為什麼？」阿花和阿莉納悶至極。

「因為——一定會有很多男人肯從後面上我，而我又可以肆無忌憚的喔～伊～喔～伊的一路放聲狂叫。」

台灣怪現象

有一種社會叫上流。

有一種階層叫下流。

有一種安全叫如花。

有一種傳奇叫純美。

有一種糧票叫恩公。

有一種台傭叫太太。

有一種施工叫整容。

有一種洩恨叫刷卡。

有一種孽緣叫初戀。

有一種無聊叫八卦。

有一種自尊叫大小。

有一種無奈叫長短。

有一種外遇叫知己。

有一種交易叫援助。

有一種騙局叫政治。
有一種謊言叫愛台。

敬業的醫生

有對年輕夫婦選擇在深山林內享受「打野砲」的樂趣，突然，一隻虎頭蜂鑽進太太的私處。丈夫連忙背著老婆走出叢林，抱上車，一路飆到醫院就診。

醫生檢查後說：「因為這隻虎頭蜂跑得太進去了，所以用鑷子也夾不出來。」

醫生遂建議丈夫把蜂蜜塗在龜頭上，進入太太體內去引誘蜜蜂，進而

加以捕殺，但只要過程中一感到刺痛，就得立刻抽出，以免喪命。

然而，這丈夫非常膽小，竟以「緊張」導致無法勃起的理由回絕了。

「如果兩位都不反對的話，」醫生說：「我倒願意以專業醫師的職責進去試試。」

由於一時想不出其他良方，年輕夫婦只好答應了。

於是，醫生很快的脫去內褲，抹上蜂蜜，直搗黃龍。

只見，那醫生抽送了數十分鐘之久，妻子的表情越來越詭異，丈夫也越看越覺得不對勁，忍不住問道：「喂，到底怎麼樣了？」

「聽著！計畫有所改變了！」醫生答：「我決定要淹死這隻難纏的虎頭蜂！」

問情

妻：「世上最難還的是？」
夫：「人情。」
妻：「世上最難求的是？」
夫：「愛情。」
妻：「世上最難斷的是？」
夫：「親情。」
妻：「世上最難得的是？」
夫：「友情。」
妻：「世上最難分的是？」
夫：「感情。」

妻：「世上最難找的是？」
夫：「真情。」
妻：「世上最難受的是？」
夫：「無情。」
妻：「世上最難忘的是？」
夫：「表情——尤其是妳便秘時的表情。」

爆笑的家書

親愛的女兒：
我是妳老爸，不是妳老媽。

這封家書寫得很快，因為我知道妳看中文字本來就超慢。

我跟妳老媽已經分居了，不過我的地址沒改，因為她在離家時忘了順便把門牌帶走。

這禮拜只下了三次雨，第一次下了一天，第二次下了四天，第三次又下了兩天——台灣缺水的情況真的很嚴重。

前兩天，妳阿公來找我，我們一起去麥當勞買披薩。那店員問說：「請問要切四片還是八片？」

妳那剪腸捏肚、節儉成性的阿公，當下就做出了正確的抉擇：「幹！開什麼玩笑？切成四片就好了啦！切成八片我們兩個人怎麼吃得完呢？」

其實，那間店在坑殺顧客方面，表現得還不算太離譜，聽說別的麥當勞，一粒芭樂就要賣888元耶！嚇死人了！不信的話，改天妳放假回國探

親，就可以跟妳老媽一起去見識見識了——聽說，她現在正跟一個好野人在一起，三不五時就會去高級牛排店吃胡椒蝦。

還有，妳妹妹今天中午生了，因為我還不知道是男是女，所以也就不曉得妳要成為阿姨還是舅舅。

對了！老爸我最近沒事幹，可能沒多少時間寫信給妳；可是妳就不同了，學校功課重又要忙著打工賺錢，記得要時常寫信回家喔！

中國式外遇

當老公外遇時——

北京老婆的反應：大都會委託私家偵探，詳加調查丈夫出軌的證據，

並訴請離婚。

上海老婆的反應：大都把自己打扮得更性感、更妖艷，試圖挽回老公的花心。

廣東老婆的反應：大都會回去找昔日情人，不僅訴苦而已，甚至以「紅杏出牆」的手段加以報復。

四川老婆的反應：大都火速收拾行囊回娘家，除非老公良心發現，到岳母家負荊請罪，否則堅持不再歸來。

河南老婆的反應：大都磨好菜刀，非和丈夫徹底攤牌不可。

山西老婆的反應：大都睜隻眼閉隻眼，任由命運去擺布。

東北老婆的反應：大都集結親朋好友，先狠揍那個狐狸精一頓再說。

湖南老婆的反應：大都一哭、二鬧、三上吊。

台灣老婆的反應：大都會把存摺、不動產證件全收藏起來，就此切斷丈夫的一切經濟來源。

不賣

有位沒了老公的蕩婦到一家情趣專賣店買電動按摩棒——

「小姐妳好，想買什麼？」

「聽我朋友說，你們店裡有引進最新款的電動按摩棒？」

「有！應有盡有，角落的那一排都是，妳挑好再跟我講。不好意思，現在有其他客人，忙完後再招呼妳！」

「嗯，我挑看看。」

十分鐘之後——

「小姐，您選好了嗎？」

「嗯——那我選最角落灰色的那一支好了！」

「最角落？」老闆偏頭看了一下：「小姐！那是瓦斯桶耶！我的生意很忙，沒時間跟您開玩笑！」

「啊——對不起。」

蕩婦看了看，說：「那——老闆，我選旁邊紅色的那一根好了。」

「紅色的？」老闆回頭一看：

「哇哩咧！那是滅火器耶！妳還是堅持要買那麼大支的嗎？問題是——我不賣！」

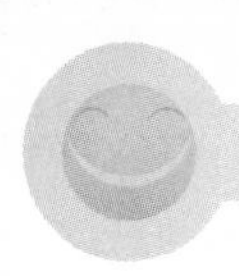

拆除

有一對新婚夫妻去希臘度蜜月，當晚，他們住進了一家旅館。

就寢前，新娘執意要嘿咻，生性保守的新郎卻反對，他說：「要是這房間有針孔攝影機怎麼辦？」

新娘：「不會吧!?」

於是，他們便找了起來。果然，認為自己有先見之明的新郎竟在地毯下發現了一個黑色的小盒子，於是，他就動手拆除，再安心

的跟新娘搞了一傢伙才入睡。

第二天早上，服務生親切地問：「兩位晚上睡得可好？」

「關你什麼事？」新娘動怒吼道。

服務生：「沒有啦——我只想瞭解有沒有什麼招待不周的地方，因為昨天夜裡，住在你們樓下的那對老夫婦，在睡覺時有一盞吊燈突然掉落下來，而那老太婆被砸到頭破血流、不省人事了，那老先生竟然早上醒來才發現。」

不滿足

在很久很久以前，台灣南部住著一對年輕夫妻，他們性慾超強，新婚

時動不動就做愛，而且可以說是從早到晚也不厭倦。

鄰居們也就時常聽到這樣的叫聲：「老～～老～～老～～老～～老～～老～～老～～老公～～老～～老～～老～～老公啊！」

這樣，時光以驚人的速度飛奔而逝。轉眼之間，已過了三十年，而他們也漸漸失去了那種性生活的愉悅或刺激，甚至變成一個月只來個一次而已。

老婆心想，這樣下去不行，未來的日子還長咧，怎麼可以就這樣虛度人生呢？於是，老婆就找老公商量，該如何提升性生活的美滿。

結果，他們看到電視購物頻道上秀出「女性自慰按摩棒」，標榜是最新科技的結晶。

隔天，老婆也就很高興的去買了一支回來。當晚也就開始用了。

老公笨手笨腳的打開包裝後說：「哇！可能真的很棒喔！竟然還有四種速度耶，有慢、有中、有快、有超快，任君選擇。」

接著，老公便心急的把這「女性自慰按摩棒」給她放了進去——

「啊！」老婆旋即尖叫一聲：「老！」

「這下妳爽歪了吧！」

老公很頑皮地把「女性自慰按摩棒」轉到慢速，老婆就開始這樣叫了：「老～～～～！老～～～～！老～～～～！老～～～～！老～～～～！老～～～～！老～～～～！老～～～～！老～～～～！」

「哇！真的這麼有效喔！」於是，老公又頑皮地把「女性自慰按摩棒」轉到中速。

結果，老婆的叫聲變成這樣：「老～～～！老～～～！老～～～！

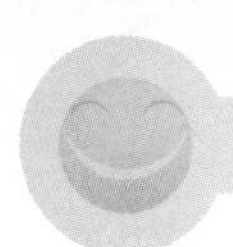

老～～～！老～～～！老～～～！老～～～！老～～～！老～～～！

老～～～！老～～～！老～～～！老～～～！老～～～！老～～～！」

「哇！那如果轉到超快速，我老婆不就更HIGH了!?」

於是，老公又頑皮地把「女性自慰按摩棒」轉到超快速。

結果，老婆的叫聲變成那樣：「老～！老～！老～！老～！老～！

老～！老～！老～！老～！老～！老～！老～！老～！老～！

老～！老～！老～！老～！老～！老～！老～！老～！」

如此一直玩下來，一個鐘頭當然跑不掉。

老公心想：「這樣玩應該夠了吧！」

於是，他終於把「女性自慰按摩棒」轉到「OFF」的位置。

結果，卻見那魂飛魄散的老婆說：「老癲阿啦！（附註：台語發音，意指漏電了啦）老公你要害死我是不是？」

國家圖書館出版品預行編目資料

有夠讚！外星人看了也會笑／張允中編著.
－－第一版－－臺北市：知青頻道出版；
紅螞蟻圖書發行，2014.08
面　；　公分－－(超有梗笑話；4)
ISBN 978-986-5699-26-0（平裝）

856.8　　　　103013569

超有梗笑話 4

有夠讚！外星人看了也會笑

編　　著／張允中
發 行 人／賴秀珍
總 編 輯／何南輝
美術構成／Chris'office
校　　對／周英嬌、吳育禎、賴依蓮
出　　版／知青頻道出版有限公司
發　　行／紅螞蟻圖書有限公司
地　　址／台北市內湖區舊宗路二段121巷19號（紅螞蟻資訊大樓）
網　　站／www.e-redant.com
郵撥帳號／1604621-1　紅螞蟻圖書有限公司
電　　話／(02)2795-3656（代表號）
傳　　真／(02)2795-4100
登 記 證／局版北市業字第796號
法律顧問／許晏賓律師
印 刷 廠／卡樂彩色製版印刷有限公司
出版日期／2014年 8月　第一版第一刷

定價 169 元　港幣 57 元

ISBN　978-986-5699-26-0　　　　Printed in Taiwan